U0928803

张璐 著

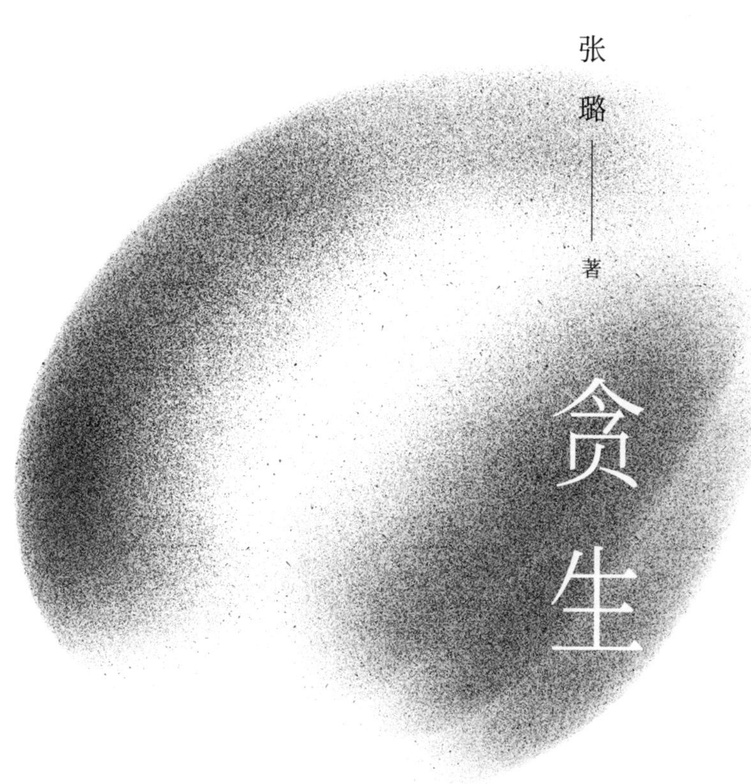

贪生

CTS 湖南文艺出版社

图书在版编目（CIP）数据

贪生 / 张璐著. —长沙：湖南文艺出版社，
2024.4
ISBN 978-7-5726-1654-9

Ⅰ. ①贪… Ⅱ. ①张… Ⅲ. ①中篇小说—小说集—中
国—当代 Ⅳ. ① I247.5

中国国家版本馆 CIP 数据核字（2024）第 043036 号

贪生
TANSHENG

著　　者：张　璐
出 版 人：陈新文
监　　制：谭菁菁
责任编辑：吕苗莉　李　颖
策　　划：李　颖
特约编辑：李　颖　田　俊
营销编辑：汤　屹
封面设计：崔晓晋
版式设计：崔晓晋　刘佳灿

出版发行：湖南文艺出版社
（长沙市雨花区东二环一段 508 号　邮编：410014）
网　　址：www. hnwy. net
印　　刷：长沙新湘诚印刷有限公司
经　　销：湖南省新华书店
开　　本：787mm × 1092mm　1/32
字　　数：168 千字
印　　张：9. 25
版　　次：2024 年 4 月第 1 版
印　　次：2024 年 4 月第 1 次印刷
书　　号：ISBN 978-7-5726-1654-9
定　　价：54. 00 元

目录

求子

一

赵正年轻时从不做梦，他的生活本身就是很多人的美梦。

在大概十五年前，赵正两只眼睛鲜少看到杂事，他左眼是飞速增长的银行存款，右眼是清爽独立的女友李雪，沉醉其中，基本无暇他顾。老友老丁说："你小子，是坐缆车抵达人生之巅的。"

在和李雪的婚礼上，赵正酩酊大醉，他脑中闪过无数关于未来的画面，草原驰骋，游轮看海，世界有无数风景，他已经不需要再面对格子间了。在婚礼前，他辞了职，卖了股票，赚到老赵一辈子都想象不到的钱。才三十五岁，三十五岁有多少人能像他一样财富自由？

做羊肠汤做了半辈子的父母关了一天店，把自己打理干净，站上了婚礼的舞台。母亲玉芬饱含喜悦的微笑因为紧张而僵硬，显得有点诡异。老赵讲话的声音颤抖，提前打了小抄握在手里，结果被手汗浸透，他盯着一行字识别了半天，才哆哆嗦嗦地继续说了下去。

赵正没忍住多看了老赵好几眼，父亲这副窝窝囊囊的样子对他来说很新奇，但他没觉得不自在，他不需要不自在，他比在场大部分人都更有文化，可能也更有钱。镇长来了都得高看他一眼。这是老赵家辉煌的舞台，这份辉煌由他挣得。

婚礼后，赵正和李雪从北京出发，大玩特玩了一圈。酒店全五星，李雪想买啥就买啥。她也不是奢侈无度的人，比起挥霍，更善于从繁杂商品中挑选那些最细致熨帖的。赵正欣赏这一点。

他享受的不是有钱，而是有钱但不是暴发户。手上的财富，都是赵正靠寒窗苦读的那些年换来的，他配得上。不过，这种可以随意花钱的感觉，仍然是革命性的。

但赵正最近总是在长长的失眠后，堕入一个黑沉的梦境。梦中他回到小时候，暑假要早早起床，帮已经起来多时的父母一起做羊肠汤。后厨一直蒸腾着羊膻味，天光渐亮，他身上开始出汗，和膻味混杂。他匆匆端着滚烫的汤进出，差点和姐姐赵梅相撞，汤漾出来一点在手上，好烫！

赵正哆嗦了一下，醒了。

才七点。起来也没什么事，赵正摸过手机，无意识地滑动新闻。他拧动这具四十五岁的身体，翻了个身，腰部有些酸痛，即使前一天并没有做什么。一米八的宽阔大床上只有一个枕头。

房子里很安静，李雪的房间也没有人。她又去上海了。小猫北北窸窸窣窣地进了房间，跳上赵正的床。赵正心里生出点熟悉但厌烦的感觉，但还是伸出手，挠起北北的下巴，它眯着眼睛，发出舒服的呼噜，让房间里有了一点声音。北北是在北京生活的那几年养的。

蜜月旅行之后，赵正和李雪返回北京，都感到一种极度兴奋后的脱力。

重整心情后的头一年，他们呼朋唤友，在新家里摆家宴，组织聚会。

李雪会用钢笔手写漂亮的菜单，做精美的菜式，中西融合，任君选择。赵正不是那种甩手掌柜型老公，他也下厨，用精美厨刀划开肋排，撒上香料，送入烤箱。他只是不碰羊肉，膻味令他感到难以呼吸。

他觉得自己像美剧中的男主角，身上穿着在SKP采购的高级羊绒衫，手上戴一枚白金戒指，眼镜框来自溥仪，笑着将红酒给朋友倒入杯中，畅谈国际局势和艺术电影。他本来长得就白净，继承了母亲的好皮相。早些年总有些畏缩，现在意气风发起来，倒是有几分令他自得的精英男士的感觉。

闲暇时，赵正就看电影，打游戏，读小说，骑自行车，一觉睡到中午。他和李雪一起在非高峰期去平时爆满的餐厅，举杯相视一笑。他们常常聊起自由。他说人啊，如果觉得自己得不到自由，终究还是能力问题。李雪抿嘴一笑，她一向自持，赵正觉得这一笑是赞同。

但李雪说自己还是觉得有些无聊，她报了瑜伽班，买了昂贵的运动装备，还去学英语，追市面上所有新上的连续剧，中日英美剧都看，开着电视刷手机。

她也有过重新去工作的想法，年尾总说第二年要去投简历了。但过完年后转眼就开春，春天该踏青——“北京的春天太难得”，夏天要露营，秋天得在北京的银杏叶中拍秋日写真，冬天不滑雪就太可惜了。玩的花样易得，但朋友越来越少。本来也有很多相熟的前同事，但各自升职或组建家庭后，李雪的朋友只剩了鲜少的几个全职太太，渐渐地，她们也开始生育、操持家务。

第三年冬天，她买回北北。

北北是一只加菲，因为天生的基因缺陷，它的鼻子会塞住，总是一副泫然欲泣的样子。李雪起初耐心照管，后来，她有了别的爱好……

赵正暂停了回忆。他停下胡撸北北的手，回青镇后才买的美短京京也悄悄走进房间。赵正没理它。他准备起床吃个早饭，去店里接上老赵，去医院看玉芬。

赵正的车是镇上现有的唯一一辆奔驰，回青镇后不用摇号，他马上买了一辆。他自建的小别墅离羊肠汤店不远，开车十分钟就到。他总向艳羡他开大奔的当地人不厌其烦地解释，自己也不想开车，但这个距离在镇上很尴尬，这里没有像北京那样发达的公共交通。再早个二十年，大奔根本不算什么，青镇那时豪车众多，根本没人会大惊小怪。

路上没什么风景，他打开音响听老歌。

青镇名为青，实际像大部分北方小镇一样，绿意稀少，天空也常是灰白色。最近一些年，因为青镇煤矿已经被挖得七七八八，空气中倒是没有那股强烈的煤炭味道了，天也时有鲜见的湛蓝。只有几个仅存的黑煤窑不时还能倒腾出点煤渣子卖卖。青镇煤矿是当地最大的国有煤矿，一般都叫“青煤”，和青梅谐音，把灰头土脸的煤矿叫出一种清新脱俗的感觉。

赵正家的老赵羊肠汤店开在从前围绕青煤的一条小吃街

上，有一个醒目的红色的招牌，入冬后挂上了棉质厚门帘。已经九点多了，仍有客人进出，一般要到十点后，才渐渐没了生意。

赵正掀开门帘，径直往后厨去，路过一桌是隔壁烧烤店丁家的两个儿子，他冲他们点点头。外面冷，屋里却暖，眼镜蒙上水雾，羊膻味的。

“爸。”赵正冲厨房先喊老赵。

“嗯。”老赵正在剁客人选好的羊肠，剁好之后放在碗里，撒上葱花香菜，再盛出热汤浇上。卤好的羊肠被热汤一激，香味扑鼻。

那个帮工的小慧也在，她年纪不大，三十上下，据说是镇子上老李家的亲戚，刚离婚没处落脚，刚好玉芬病了，老赵需要个小工，吃住就在店里搭桌椅先对付着。看赵正来，她有些惊讶，两人寒暄了两句玉芬身体怎么样了之类的闲话。她讲的是微微区别于当地方言的一种土话，接话又快又密，两人站在厨房门口，一时倒聊起来了，挡了老赵端汤的去路。

老赵拿托盘戳他俩面前，也没出声，小慧见状忙急着接过，问：“几号桌？”

“五号。”

赵正等了片刻，十点过，客人渐渐稀了，老赵准备吃早饭了。他自顾自端着三碗汤从后厨出来:“已经盛好了,吃吧。”

赵正知道这是说给自己的,也就接了过来,磨磨蹭蹭吃着,他还是嫌膻。

上午十点,是赵正在北京上班时,弹性工作制的最晚到岗时间,对于老赵,已经是工作六七小时后了。做早饭生意,得三四点就起。如果当天送羊肠的人来,那要更早,大概三天来一回。赵正早劝了老赵几次让他关店,玉芬生病后更是没少为此事争执。老赵认为赵正辞职后,过的是纯混吃等死的日子,有钱咋了,有钱就不干活啦?儿子不懂自己内心的技术追求,他的一手羊肠汤吸引了一拨拨前来学技术的人,包括小慧,老食客们更是源源不断,他就是这店里的皇帝,怎能舍弃?再说了,他又不会照顾人,儿子有钱,请个保姆又没负担,为何偏要自己去医院照料玉芬?

“爸,你也好几天没去医院看我妈了吧,待会儿吃完,我带你一起过去。”

老赵一听儿子这说辞,纯属来找碴的:“什么叫‘好几天没去’了,我去的时候你又不在。”

赵正一看老赵瞪起眼睛就浑身发紧,仿佛自己还是儿童,下一秒又要被揍。今天是想带他过去看看玉芬,不想吵架,也没接话。

可惜老赵这火一上来，一时还难灭，追着又问儿子：“李雪呢？又出去了？你连个媳妇也看不好？”

这一番连环问一出，赵正也反应过来自己已经是成年人了，老赵也打不过他了，反击道：“说我妈呢，你少扯李雪！你一周去看了几次？”

老赵年纪大了，反应倒没变慢，战术一转开始卖惨：“我是不想看见你妈生病的样子！她能干了一辈子，突然这么着了……我看着难受……你懂什么?!”说完干脆把碗一撂，去厨房了。

小慧夹在这父子俩中间也不知该不该劝，看老赵离场了，想了想，手就搭赵正胳膊上了：“正哥，都在气头上，别伤了父子和气……”

赵正感觉这只扒开羊肠洗过内部的手也有点腥膻味，他懒得多说，随便答应了一声，怒气冲冲地离开了。没接上老赵，也得去医院看玉芬，不提这档子事就行。他对老赵的做法其实不太惊讶。他知道在老赵心里，全世界都得围着他转，玉芬宠了他一辈子，又当老婆又当妈，现在躺在床上，什么都做不得，几乎是废人一个了。

赵正到医院时，还不到十一点，他找了个远房亲戚杨阿姨来伺候玉芬。早饭吃的鸡蛋，蛋黄有一点落在玉芬衣服前襟，她正冲杨阿姨有气无力地发火。杨阿姨是个热心肠，但干活不是很细致。

病了之后，玉芬的脾气确实变差了，之前对老赵千依百顺的，现在总是挑他理儿，这不好那不行的。她原本是个美人，赵正与姐姐赵梅小时候也是粉妆玉琢的儿童，但这母子三人都美在皮相，一旦上年纪，就无可挽回地迅速凋零，加上生病，面皮一垮，看着苦兮兮。

玉芬是宫颈癌，之前她就总是腰疼小腹疼，绝经后又不时见红，还当是开店太累，也没当回事，发现时情况已经不是很好了。去北京活检时，玉芬感觉医生活活从自己体内剜下来三块肉，太痛了，和生赵梅赵正时的痛又不同。这一辈子太遭罪了，玉芬少女时来月经，就比别人更疼，初夜时老赵又极莽撞，她被刺穿，痛出一头大汗。当然，都不及生孩子的痛，以为自己马上要死了，生完孩子又要上节育环。好容易过完更年期，玉芬本来以为这辈子的痛都遭完了。

去北京手术切除子宫后，玉芬坚持回镇上养病，需要放化疗时再去，现在镇医院的条件支持术后的常规治疗，赵正就同意了。来回奔波了半年后，他和李雪也搬回了青镇。

玉芬见儿子来，收了脾气，赵正让杨阿姨先出去歇会儿，自己陪着母亲说话。他打算近期再带母亲去北京一趟。母子俩絮絮聊了阵，不知怎么，聊到了姐姐赵梅。赵梅已经过世有十好几年，她同样身患宫颈癌，终日劳累，病势凶猛，不到半年就死了。

赵正看玉芬一说起姐姐，眼圈就红了，想岔开话题，玉芬今天却很执着，不停回忆赵正和赵梅小时候的事。这些场景中大部分是不包含老赵的，“家”对赵正来说，就是母亲、姐姐和他三人，只有“店”里，才有老赵出现。

青煤风头无两时，祖上就做羊肠汤店的老赵不想再每天清洗肥腻的羊肠，也想从这富得流油的矿区分点碎银子。他打点了青煤后勤处的关系，说好日常领导班子吃饭都往这儿带，来回一盘算，觉得这钱可挣，借钱开了青煤大饭店，企图弄出点官方授权的样子。后勤处只管在大后方薅点小好处，当然不知道，青煤当时已经被开采得差不多了。不久省里又下来查镇政府，揪出来几只肥得翻肚儿的大耗子，连带刚开业的青煤大饭店还簇新着就死透了。

虚张声势了没几天的赵总负债累累，又变回老赵，他除了做羊肠汤，什么都不会。玉芬陪着他重操旧业，一手一脚卖羊肠汤，还了债，还养活了赵梅和赵正。

他手握秘方，倒是试过收徒弟，又三天两头把人家骂走，最后还是只剩下玉芬陪着。每天关了店他呼呼大睡，玉芬还得忙里忙外操持家务。到后来，赵梅也死了，留了个八岁的杨迈给玉芬，在生病前，她给全家当了一遍妈，过的是陀螺的日子。

正说话间，杨迈带着老婆高楠和刚两岁的女儿来了。高楠平时在城里当小学老师，周末了带孩子回到镇上来。杨迈自小跟着姥姥姥爷长大，玉芬生病后，他隔三岔五总要来看。

杨迈的孩子虎头虎脑，煞是可爱，玉芬看得眉开眼笑，咿咿哦哦地逗着玩。杨迈带了水果，打发高楠先去洗几个车厘子，说给姥姥尝尝。又问舅妈去哪儿了，赵正也不知道这外甥是真傻还是假傻，含糊说李雪去找朋友了。好不容易玉芬没提起李雪的事，杨迈倒来火上浇油了。

好在玉芬专心在逗孩子，也没注意他们说了些什么，吃了几个车厘子后，直夸杨迈长大懂事了，高楠柔顺，孩子也养得结实。赵正虽然年龄直奔半百，但心里还是生出点不忿，有种外甥压了自己一头的微妙感觉，对杨迈的态度就愈发冷下来。杨迈一家热热闹闹待了一小时，到了午饭点就走了，赵正陪母亲一起吃了食堂打的饭。

玉芬吃得很慢，若有所思，犹豫片刻，还是冲赵正开了口："迈迈其实是个好孩子。"

赵正明白母亲这是注意到自己对外甥的冷淡，他平日对杨迈一直不冷不热的，细究起来，也有被分走母爱的原因。杨迈一直吃奶到九岁，玉芬宝贝他至极，赵正大二时，赵梅离世留下杨迈，杨迈倒像成了家里的小儿子。这原因不好启齿，他只好转为攻击杨迈的缺点：“妈，你别帮他辩了，他跟他爸一样，就是个赌鬼。我看以后还有的出岔子。”

玉芬觉得赵正想事只看眼前，很不成熟：“他最近那事也是被人骗了，不能全怪他。他都给我说清楚了，我觉得你对他有误会。而且，你要是真的一直不要孩子，将来不是还得指望他？妈要是走了，有你送，等你走时……”

赵正急忙打断玉芬，他还不能面对母亲有一天会离开的现实：“好好，妈，别说了，我再考虑考虑，手头上能腾出来现钱了，就帮他还上。”

玉芬觉得这还是赵正的托词，但刚才一阵说笑大大消耗了精力，也不想再纠缠，就让儿子先回去，自己要午睡了。赵正一路上脑子飞转，绕着青煤废弃的矿区多开了一圈，他没有敷衍母亲，手头上的现钱确实不多了。早期北京房子还没那么昂贵时，他觉得要“自由”，有钱就好，房子只会困住自己，也只买了一套大平层，其他钱都扔股票基金里了。起初是一片大好，每天醒来看看手机，这一天就能躺着赚到花不完的钱，某天，那些数字却突然以势不可当的颓势开始减少，加上最近养老院的事……他想到那打了水漂的五百万，肝儿又颤了颤。

回了家，他打开电脑。刚好今天是周末，找老兄弟打一局。

他打开微信找到老丁："上线，来一局！"

很快收到回复："赵儿啊，高老师脑梗了。"

高老师在赵正心里，超越他认识的所有男性。

高老师冬天从不穿羽绒服，只穿羊绒大衣配小羊皮手套，最冷时加条羊绒围巾。他的胡子总是刮得很干净，下巴不会泛出一丝青色，鼻毛修剪得体，不似老赵，喷涌的鼻毛似乎已经成了他不可分割的一部分。

赵正在高老师手下读硕士时，他刚过五十，依然挺拔、健硕，每天清晨跑五公里，风雨无阻。学术上更是成果斐然，总是三言两语就把赵正混乱的思路理清。

说起来有些变态，赵正幻想过高老师是自己的父亲会如何。这有点不好想象，因为高老师是坚定的不婚不育主义者。学校里不是没有学生对高老师有兴趣，性别不局限于女，但高老师从不同校内的人恋爱，哪怕学生是毕业后再投怀送抱的。

"世界是非常大的。"他总这么说。赵正总觉得，高老师随时能去千里之外，在哪里做什么，都不令人惊讶。

他给老丁拨了语音电话，老丁说这事发生没几天，应该明天就能去探望了，赵正打算明天早上开车回北京。

当晚，赵正在漫长失眠后，再次掉进梦境。梦中没有白天与父母的争执和高老师的脑梗，只有一具柔软的女性身体，任他翻动，揉捏，他看不清她的脸。他把她翻过去，手捧住她的腹部。她的小腹逐渐胀大、胀大、胀大……他捧住的变成一个婴儿，婴儿长着杨迈的脸，凄厉地啼哭起来……

赵正被哭声惊醒。一看手机，六点半。醒了也好，早点开回北京。开快点大概八点就能进京。八点半后，进京的路就要堵起来了。

赵正洗漱、刮胡子，找了一身新一点的衣服，恍然觉得自己回到要早起上班的时候。最初工作时，他和老丁合租在五环外，得坐两个小时地铁到公司。

撒尿时，他有些回味那个梦境。他一向不是个重欲的人，回青镇后，躁动的时候也不多，随便开开电脑翻墙看个片子了事。他和李雪分房睡很久了，一开始只是觉得家那么大，四室两厅两卫，一人一间卧室也住得开，说不定还能小别胜新婚一把。渐渐地，两人各自在卧室待着的时间越来越长。

赵正打开镜柜，放回刮胡刀。里面满满当当都是李雪的护肤品。她怕老，还怕胖，怕丑。他甩回柜门，因为有阻尼，柜门依然软软地合上了。

高老师的单间陈设简单却干净，赵正走进这家昂贵的养老院时，差点情绪错位，生出羡慕。房间应该是高老师自己选的，从窗户望出去，是一片冬天凋零的树，但其他三季，应该是极美的。

“老师。”赵正凑过去，压着声音叫。

高老师躺着，脸色灰败，微微点头。

“老师还没恢复好。”老丁找补。他一定察觉到了赵正面对虚弱的高老师时，有种强忍的不自在。

一丝涎水从高老师嘴角流下。赵正求助地看向护工，护工是一个膀大腰圆的男人，扯出一张纸巾，往高老师脸上糊去。赵正觉得他的动作有些粗鲁，忍了一下，没有说话。

高老师还说不了什么话，和老丁讷讷地待了一阵子，赵正肚子叫了，出门太早，垫巴的一口早饭已经消化殆尽。老丁接过话头：“赵儿饿了啊，老师，我们先去吃饭了，下午再来！”

两人沉默地走出养老院大楼，老丁叹气：“唉。我都不忍心看。”

赵正也跟着叹，然后说：“去学校门口吃刀削面吧。”

老丁是山西人，呼噜着吃完了大半碗面，才恢复了精神一样把碗放下：“赵儿，高老师要恢复好，恐怕难。”

赵正挑着一根根在吃：“嗯，我看那个护工也粗手粗脚的。”

“是啊！他特别糙！但是劲儿大，帮老师翻身容易，擦身的时候方便。”

赵正搁下筷子：“养老院没人管吗？”

老丁又叹：“人家的工作人员不负责生病后的特殊照顾，得另找。要说这家已经算很不错的了。哎，对了，你们之前交钱那家怎么样啊？”

“……爆雷了。”

“啊？”老丁也搁下筷子。

赵正不想多谈：“……嗯，反正追是追不回来了。不过照你今天这么说，高老师的都这么贵，服务还这么差，将来住不成就住不成吧。”

老丁知道他的性子，只追问道：“……唉，也是。那你们那笔交了的钱呢？”他知道那笔至少要五百万。

“就这么着吧，也不算太多，这钱我不散出去，也有人一直盯着。”赵正潦草回答。

老丁没惊讶：“谁啊，还是你姐儿子啊？”

“嗯，不成器的东西。最近做化妆刷厂又赔了。”

“你们那儿的刷厂不是都挺好的吗？”

“嗯，听说是他接了一个他以前同学的活儿，结果给人换了一种毛。这同学是个网红，叫什么兔宝，就是教化妆那种，卖给粉丝，被粉丝看出来了。其实那网红要的也不是啥好毛，宣传也有水分，这时候把他推出去挡刀了。那他能斗得过有粉丝的网红吗，纯粹当炮灰了。不被人肉搜索就不错了。”

老丁摇头：“你那个外甥是真不行。还赌？”

“嗯，掏倒腾换毛的钱，我觉得他是拿去赌了。但我妈不信，觉得他是被骗了。”

“唉，姥姥疼外孙啊。你家的店呢，还开着？”

“开着，可能想帮那崽子还钱。”

“你爸这是逼着你出钱啊，快干不动了吧。”

“是，天天半夜起，要七十的人了。”

老丁长叹，他是公认的厚道人，是真心为赵正感到为难。他顿了顿，还是问：“那你和李雪……下一步打算怎么办？”

赵正挑了一根面，慢慢嚼，他几乎每隔一段时间，就要回答一遍不同人问的这个问题。怎么办，他也不知道怎么办，为什么都要问怎么办呢，维持现状不行吗？

他还是开口了：“我觉得，是不是还得有个孩子？”

开车回去前，赵正和老丁各出了一些钱，塞给高老师的护工。老丁说，他每周会过来一次，看着点护工，别让他对高老师太粗鲁。

赵正坐进车里，却没有发动。他掏出手机，犹豫了片刻，拨通了李雪电话。她今天回北京。

李雪在电话里客套了一番，说自己打车回去就好，不用来接。赵正难得坚持，李雪也就答应了。

开车去机场的路上，飘了一些小雪花。赵正的内心升起一点温情，他想起和李雪刚恋爱时，也是冬天，他约李雪吃饭，酸不溜丢地发一条信息：晚来天欲雪，能饮一杯无？

那时候比现在天气冷，李雪就是他的红泥小火炉。

一周没见面，赵正刚看到李雪时，也不由得眼前一亮。她年过四十，依然保持着清瘦身材，长发微卷，每三个月定期到北京的发廊重新染烫，皮肤细腻，是昂贵护肤品和定期医美的功劳。虽然严寒，她仍坚持只穿羊绒大衣。衣摆开衩，走起来露出穿着黑色短靴的脚踝。

这样的李雪，让他感到留恋。李雪看到他，笑了笑，他走上去，接过李雪手里的行李箱。

车开进高速，赵正开了口。

“我今天见高老师了，和老丁一起。”

“他在养老院还好吗？”

“脑梗了，不太好。”

李雪很惊讶，她见过高老师。他们曾邀请高老师和老丁一起到北京的家做客。那天聊得很开心，喝空了三瓶红酒。

赵正没再具体说高老师，他不喜欢说丧气话，丧气的事不提，就当没发生过："你记得老丁的儿子吗？"

"记得啊，快十岁了吧。"

"嗯，我在想……是不是收他儿子当咱干儿子？"

赵正对李雪的反应本来也没什么期待，他知道她早烦透了"孩子"这件事。老赵说，玉芬说，左邻右舍喊喊喳喳说。无数次的对峙中，她讲女性主义，讲生育自由，痛诉赵正的不遵守承诺，却没有告诉过赵正，对于从身体里生出另一个人，除了理性反对，她更多的是怕。

李雪有一段赵正不知道的过去。在跟赵正相遇之前，她有一个交往两年的前男友。那是一个显而易见的粗俗之人，选择他，是当时的李雪为了挣脱父亲做出的全部努力。

她选了一个和父亲完全相反的男人，不瘦、不白、不文质彬彬、不神经质、不洁癖，也不冷暴力。

他是热气腾腾的体育生，他的快乐很简单，吃饱喝足打游戏，来兴致了就叫兄弟们出去打场篮球，回来满身汗臭地巴着李雪。李雪最初很沉迷这种充满新鲜感的快乐，活力扑面而来，自己可以随之舒展。

"别戴套了吧。"有次他这么说时，她同意了。

只是一次，一次即中。宫外孕。

李雪的人生从未那么痛过。他哆哆嗦嗦地打了120，平时的意气风发被李雪狰狞的表情砍得一干二净。她一边痛一边想，男人是不是都这么孬啊？她一个人在手术室里双腿被架起时，反倒觉得没有那张看着被吓歪的脸尴尬。

还没出院，前男友就把她宫外孕的事情告诉了他妈。然后就是分手，扯皮吵架时，李雪才知道，在他们老家，有宫外孕是女人不检点导致的说法。那濒死的疼痛因为这个说法显得可笑，比一时激情上脑导致意外更好笑。

虽然没生过孩子，但是李雪觉得自己跟怀孕倒是很有缘分。和赵正回到青镇没多久，有一个不健全的胚胎又静悄悄地离开了她的身体，在生化妊娠的同时，她才知道自己怀孕了。

两次。那两个还没怎么开始发育的胚胎不知道能不能称为生命。在那之后，她就不再跟赵正同房了。

“想收就收呗。”李雪这样回答赵正。

“啊……你没意见就好。”

“我没意见。”李雪吞下后半句“不要我生就行”，她看向窗外，雪变大了，刚铺下浅浅的白，就被车辙碾过。

这两周，赵正越来越频繁地接到老丁顾左右而言他的电话，多到令人狐疑的程度。他与老丁同寝室过，毕业后也合租过，那是一个不喜欢无事时联络感情的实用主义者。

赵正不傻，猜到老丁在惦记那天提的认干儿子的事，在又一次接到老丁电话时，他问："你到底要干啥？直说。"

老丁一顿，这次他真不是来说那事的："高老师去世了。"

就这么没了？挂断电话的赵正陷入茫然，回到青镇这几年，他总觉得在北京的高老师像自己的图腾，只要高老师在，那个体面的未来就在。高老师是他对于老去的合理想象，不是吗？况且，自己还多一个李雪，更好啊，不是吗？

他走到李雪的卧室门口，她又在收行李。

赵正干涩地开口："陪我回趟北京吧。"

"我要去成都，刚要跟你说。"

"别去了，高老师没了。"

李雪陪赵正开了一瓶酒，两人久违地在餐厅坐了坐。沉默地喝完，赵正又开了一瓶。

"李雪，高老师最喜欢这种酒。"

"嗯。"

"他……他最爱自由了。他一直自由。他没孩子，你知道吗，李雪？他就一个人死了。一个人，死了半天了，护工才发现。"

"你少喝点。"

"高老师死了，我以为他是个不会死的人，我以为他有九条命呢。他怎么就死了呢？”

“谁都会死。”

“你说，你死的时候，希望谁在你旁边？我希望是你李雪，男人都没女人命长。我死的时候，你一定看着我，好吗，李雪？”

“你喝多了。”

“我……我是喝多了，但是，我知道自己在……在说什么。你能感觉到自己老了吗？你是不是快更年期了？我告诉你，我能，我能感觉到自己老了，我已经没晨勃了，你知道吗？哦，你不知道。你不跟我睡觉，哈哈哈。”

“赵正，你想说什么？”

“我想说，我想说我想把你肚子搞大，哈哈哈，我之前都成功了，你知道吗？嗐，你啥也不知道。你知道了你也不说。”

“所以，我那次流掉那个真的是你故意的是不是？”

“是……是我，我扎破了套套，哈哈哈。咱们有钱，有钱！有钱为什么不生娃？”

“是你同意丁克的！不然我们不会结婚。”

“我后悔了，我后悔了，李雪。”赵正跪坐在李雪膝下，他抬眼望着李雪，她侧过头，头发盖住她的脸，他望着她的侧脸，“两个人还是很寂寞啊，李雪。”

“我说了，我同意你认老丁儿子。你认好了。”

北北追着京京悄无声息地从他们脚边走过。

葬礼很简单，来的大部分人都是高老师的学生，还有一些是老同事。高老师老家来的几个近一些的亲戚和几个在北京的学生，七手八脚把高老师下葬的事情一起完成了。李雪取消了看演唱会的行程，陪赵正一起出席。

晴空万里，北京冬天的阳光与冷空气矛盾又和谐，让人精神一振。大家站在墓前，老丁念念叨叨，讲了很多，赵正不想听那些高老师临终前一段时间的狼狈。他抬头闭上眼，阳光还有残影。学术大拿高老师，最终却被一个文凭可能只有高中的护工玩弄于股掌之间。

结束后几个老同学一起吃饭，仿佛为了扫除高老师去世的压抑氛围，聊天重点不知为何变成对赵正夫妇的夸奖。

没负担没压力、神仙眷侣、看着年轻……一轮已经听厌了的漂亮话。大城市的人，自然不会像有些青镇的人，口不择言地当面问：“生不出来啊？”偶尔两个当年熟悉一些的同学，在李雪离席时冲赵正挤眉弄眼：“还没打算？不打算啦？”他赔笑着糊弄过去。

他想起高老师总说，“世界很大”，是的，世界很大，大到没人在乎你真正的想法，但又很小，小到在某时某地，能聊的，也就剩这么点事了。他没有对问他的人生气，没什么好气的，他已经习惯了，人家只是问问而已，不然又能跟他聊什么呢？别人已经在聊二胎、小升初、初升高了。都是人生标的物，不然该怎么丈量人生呢？

李雪回到位子，她今天的香水清淡，不易察觉，应该是为了这个场合特地选的，多得体的妻子。

赵正在饭桌上没和老丁多聊，老丁似乎也在刻意回避对视，饭局散了之后，老丁还是叫住了赵正："赵儿，咱找地儿坐会儿？"

李雪看了眼赵正："我刚好去按个摩，你俩聊吧，回去的时候给我打电话。"

老丁特地找了家他们读书时高老师会带他们做小组讨论的咖啡店，几年没装修过，人已经不那么多了，服务员早不是当年的熟脸。

赵正先开了口："说吧，你找我想聊啥？"

老丁讷讷的："没啥，就是你之前不是说，想认我儿子……我想他也快生日了，是不是顺便办个仪式？"

"可以啊，李雪同意了，还有吗？"

老丁放松下来："没有啊，还有啥，其他办完再说。"

赵正笑："还有什么？你直说吧。"

老丁也笑："今天提这个不太好——不过认完，咱是不是得去公证处办个公证啥的……”

赵正心一沉，他没猜错老丁之前那些电话的来意：“财产是吧，我这还没死呢，就惦记上了？”

“赵儿，你这叫啥话，那我们都会死，百年之后，不得让小丁给咱们养老送终？”

“我最近这话听得倒是不少了，‘我们都会死’，不用你提醒，你家小丁跟我一年拢共见一面，还没我外甥跟我亲，就想要我财产？”

“哎，是你提出要认我儿子，怎么现在又怪我儿子头上了？”老丁提高嗓门儿。

赵正移开视线，看了看周围，以前，高老师带着他们讨论的座位，今天没坐人。他深深呼吸：“老丁，咱们认识这么多年了，我以为你是个厚道人。没想到，你也惦记我这点钱。”

老丁被他这句话击中了，眼神变了变，没再大声：“好，我承认，我是想给我儿子多争一份前程。赵儿，你没孩子，可能不懂。我这都奔五十的人了，房贷还没还完。我将来能给他留下什么？留不下啊。但要是你肯让他也当你儿子，我保证，他肯定把你当亲爹孝顺，等我退休了，咱们住一块儿，每天打打牌喝喝茶，有个伴儿，不好吗？我儿子真的是个好孩子，你给他，一定比给你那外甥强。你想想高老师……”

赵正没让他继续说下去：“话还是说到这儿了是吧，少跟我说高老师！你去看了几次？你怎么答应我的？”

老丁摇头：“赵正啊赵正，你还是那么天真！高老师是我老师，不是我亲爹，别充好人，你让我来，你每天班都不上，也有钱，怎么不干脆在养老院旁边住酒店照顾他？我还以为那次我们一起去看了高老师，你懂道理了，才说要认小丁的，原来你还是屁也不懂！”

“你多去看几次，护工会对他那么差？”

“你没给护工塞钱吗？有什么用？老了以后钱就是个屁，有什么用，你花得动吗？我不否认我让你认小丁有私心，但这是双赢的事！你以为有钱能买到感情？”

赵正不想再吵，他松懈了梗起的脖子，颓然倒在座位上。他确实曾经以为，钱什么都能买到。

早上八点多，李雪听到赵正出门的声音，也醒了，他是大孝子，前一晚刚参加高老师的葬礼回来，早早又去医院看玉芬。

李雪摸过手机，看了看群里的信息，昨天深夜正主出现，刷了好几屏信息。乖巧小偶像跟大家互动得好不热闹，她一屏一屏划过，在里面找李凯杰的影子，他很会说话，把粉丝们逗得极开心。李凯杰红是迟早的事，她看人不会错，他样子纯净，长了双小鹿眼，看人却有股说不出的邪气，“反差感”嘛，绝对不会出错的大卖点。她在饭圈是追过好几个潜力股鲜肉的“雪姐”，有钱、有闲，跟着他们全中国飞，QQ 音乐一刷就是上千单。

李雪大学时是只看书和话剧的文艺挂，三十五岁以后却开始追星。小偶像们是甜蜜干净的琥珀，像刚出生，像没有过去。与前任不同，与赵正也不同。还没红的时候她挑中一个开始捧，大红了就再换一个，毫不留恋。追星对她来说像赌博游戏，她在浩如烟海的小偶像里定位潜力股，然后开始进入粉圈，靠砸钱和组织活动立下江湖地位，赚到小女孩们一口一个“大大”和“雪姐”。若偶像是她们朝圣的对象，至少要先拜过“雪姐”这个山头。好几个偶像的经纪人都要给她三分面子。比起追逐那些闪耀的人偶，她更享受有个与青镇和赵正无关的圈子。她在这里，始终是个局外人，也乐于做个局外人。

但到了李凯杰这里，却似乎有所不同。

微信连响两声，李雪打开，消息分别来自李凯杰和赵正。

赵正说等她起来收拾停当了，就来医院看看玉芬，她决定一小时后再回复。

玉芬和她几乎不在同一空间多待，像狮子和鳄鱼，属性不同，不懂对方，也不想懂，如果实在撞上了，也不可能和平共处。往常各分山头而栖，勉强还能维持表面的和平，但玉芬现在病了。李雪之前其实挺欣赏玉芬的生命力，劝你生孩子，一次不行就两次，不管你是回撑还是冷脸，不发怒，也决不放弃。好像自己的儿子繁衍后代这事是她的毕生信念，李雪不答应，就是剥夺了本来该属于她的东西。

自去年玉芬生病后体力大减，也不再往北京寄一些奇怪的生子偏方，但赵正却坚持要搬回青镇。李雪当然不愿意，可房子是赵正在领证前买的，产权不属于她，手头固然有些钱，可大部分钱都被赵正放股票和基金里了，若是自己坚持在北京租房，就是要决裂的态势。玉芬的病暂时还平稳，客观来说，也挨不了太久，这是个恶毒的预期，李雪因此同意了搬回来，只是越来越多地往外跑。玉芬是在争分夺秒地活着，李雪却在度日如年地熬着。

李雪先撇开这些心烦事，打开李凯杰的消息，他说自己前一晚录节目熬了大夜，这才刚到酒店，准备洗漱睡觉了，“跟小雪姐说早安、午安、晚安”。真腻乎，李雪笑不可抑，她全程追着李凯杰的行程住五星酒店，两人很快熟稔，又不只熟稔那么简单。她回了“早安、午安、晚安”后，看对方没了新消息，就爬起来准备冲咖啡。

李雪的卧室是整栋房子里最大的一间南向卧室，装修时，她在阳台通往房间的地方做了一个吧台。原本她和赵正一起住在这间屋子，后来分房后，这里就成了她一个人的。她置办了市面上大部分的咖啡设备，最昂贵的意式咖啡机，限量的手作手冲壶，作家器皿，满满当当摆了一阳台。

咖啡豆是新买的，十分新鲜。磨好后倒进滤杯里，就扑出一阵香味。她摇平咖啡粉，先注入第一轮水做闷蒸。咖啡豆足够新鲜时，注水后的咖啡粉平面会渐渐膨胀出一个鼓起的蓬松平面，吞吐的气泡发出极微弱的“噗噗”声，让人感觉心痒痒。30 秒后，接着注水两轮，香气弥散到整个空间。李雪深呼吸，终于从前面几天追随李凯杰的喧嚣行程中平复过来。

她拿起咖啡杯喝下一大口，温热的液体落入胃里。晃眼就四十几岁了，在这柔软桎梏中太久，如果自己谋生，不知是否还喝得起这 250 克就要 400 元人民币的瑰夏咖啡豆呢。

她给北北和京京的食盆里加了粮，这两只小猫都被赵正打理得很干净。即使她常不在家，交给赵正也可以放心。当初结婚时，她恰是看中赵正这一点。他心软，又有些天真，恋爱时，两人即使吵架，他也说不出什么难听的话。而且，他答应不生孩子。

本来他是有点犹豫的，但公司原始股大涨，两人都是普通家庭出身的孩子，被抛掉股票的上千万惊呆。他拿到钱之后向李雪求婚，两人恳谈，聊了整整一晚。李雪第一次聊起父亲，哭肿了眼。那是一个在外人看来绝对是老好人的公务员，他常年任科员，不争不抢，却可以在家用最冷酷的字眼抽打妻子和女儿。

李雪不想结婚，因为一进入婚姻，有人好像马上就现出原形，比太上老君的炼丹炉还灵验。赵正一遍遍保证，他不会，绝对不会。

赵正把银行卡余额给李雪看，两人没有后顾之忧，没必要生孩子，想干什么不行？环游世界也好，清静度日也好。丁克就丁克，赵正说他也不想要孩子。都这么有钱了，养老无忧，生什么孩子？生孩子干什么呢？要怎么教育，怎么养，谁知道？赵正求婚前喝了半瓶红酒壮胆。他听李雪边说边哭，涨红着脸保证，结婚之后，他们会很幸福的，自由自在，快乐无边。

二

快过年了，李凯杰的活动暂停了，李雪好歹是在青镇待了一阵子。小年到了，她难得陪着赵正来了医院。

赵正想带母亲再去北京的医院看看，玉芬无论如何都要过年后再说。李雪自己的母亲早已去世，她与父亲不甚往来，过年时打笔钱过去而已，现在看着憔悴的玉芬，也帮着劝了一会儿，三人无言。赵正感觉前晚喝的酒似乎还没醒，自从玉芬生病后，他原本晚上小酌一杯的红酒，变成两杯三杯甚至半瓶。他捏捏太阳穴，玉芬发现了，催他快回去休息。正掰扯着，杨迈也带着高楠和孩子来了。

高楠给玉芬买了一顶红色羊绒帽。玉芬摩挲着柔软的帽子露出点笑意，她好像很盼望过年，看到重外孙更是眉开眼笑。杨迈的孩子刚到对世界充满好奇的年纪，看着赵正和李雪这两个不怎么熟悉的人，伸出圆胖的手掌，冲他们摇手打招呼。赵正和李雪突然同时一阵无措，在生病的玉芬面前，深切地感受到一种他们认为本不该有的负罪感。

杨迈又巴巴地凑过来，有一搭没一搭地和赵正搭话。赵正一向是背后可以狠话撂尽，当面却磨不开面子。此时，他希望李雪出来保护自己。他求助地望向李雪，她却在恍神。

李雪在想自己的母亲。她和母亲不仅是母女，也曾是战友。谈上段恋爱时，母亲刚刚去世不久，她几乎是逃到了和前男友的关系里，躲避母亲离开带来的巨大悲痛。她羡慕此刻的赵正，在四十多岁时，依然有妈妈。即使玉芬生病，赵正也将有漫长的时间来准备面对她的离开。李雪的母亲去世来得异常突然，在她考上大学后，母亲突发心脏病去世，仿佛尽完了养育李雪的义务后，就干脆利索地离开了让自己感觉不到快乐的人世，没有遗言。自此之后，对李雪来说，深刻的关系，越少越好。

“来，跟舅公舅婆再见。”杨迈抱着孩子过来，打断了李雪的思绪。她冷淡地嗯一声。他们走后，赵正说先开车送她回去，她同意了。早上过来得早，没喝咖啡，她还昏昏沉沉的。虽然回了青镇，李雪依然保持着在北京的生活习惯，未动分毫。

赵正在路上跟她没话找话聊了几句，无非说些杨迈现在就是做点情感投资，哄玉芬开心，也是没安好心之类的。到家后赵正又开走了，李雪不急着做午饭，先回卧室，趴床上掏出手机，回复李凯杰的微信。他最近停了工作，微信总是每隔几小时就源源不断地涌过来。他有点唱歌的天赋，李雪建议他这阵子除了直播唱歌外，该多做做功课，磨炼一下演技，为将来演戏做准备。

“小雪姐好烦啦，寒假都不让放！ ><”她收到这样的回复，京京在她身边翻了个身，她笑着挠挠它的肚子。

很难说决定和赵正分房睡是因为那段令人狐疑的生化妊娠，还是因为李雪进入了另一番天地，在导致自己受孕的那次，她确实是把赵正的脸想象成另外一个人的。赵正在卧室时，比起男人疏解欲望，更像孩子在寻求母亲。在恋爱初期，这是一种甜蜜的索取，到后来，李雪与自己的朋友笑称这太诡异了，纯属“无痛当妈”。

若是自己结婚早，或许生个李凯杰出来也不成问题。李雪突然这么想，又觉得这个想法太不堪。她转而打开淘宝，把李凯杰提到的新款球鞋加进了购物车，又返回微信界面，询问李凯杰助理他现在的地址，他收到一定会很开心的。她提前定了闹铃来抢这款限量发售的黑色球鞋，李凯杰和她一样，不要满身标志的款式。有粉丝说小杰朴素，总是黑一身白一身的，但又很有清爽少年气，李雪感到一种隐秘的快乐，她知道这些衣服是精心挑选的，其中有不少她也给了意见呢。

腊月二十八，杨阿姨先回了家，赵正给老赵打电话，说店里也差不多要关门了，先接住院三个月的玉芬回家过年。老赵同意了。

把玉芬扶进家门时，赵正和李雪对视一眼，为老赵家中的整洁所惊异。玉芬仿佛没发觉，一个劲儿说自己要准备这准备那，都被赵正按住了。他已经提前买好大部分年货，只要除夕时包饺子就好。往年他和李雪都在国外旅行过年，今年打算和老赵玉芬一起。

和老赵及玉芬一起过年，对李雪来说是个挑战。除夕当天很冷，赵正和老赵哆哆嗦嗦在门口贴了春联，又炸了些肉丸子之类的吃食，李雪百无聊赖，她是南方人，不会也不想做那些她觉得食之无味的北方食物。

初二中午杨迈一家来了。赵正和李雪依然是冷脸，杨迈也不恼，照样热热闹闹撵着老赵和玉芬说话，舅舅长舅妈短的。孩子长得很快，已经比前一阵子在医院里看到时略大了点。玉芬比前一天回了些精神，抱着重外孙女连声说虽是女孩子，却长得很像男孩。

老赵说要下厨给杨迈做一碗他爱吃的羊汤面，先去了厨房，他这个行为是模仿性的。老赵并不会跟晚辈相处，他自认是个真正的男子汉，不太会搞这些婆婆妈妈的，仅有的几招，都是从玉芬身上偷师的，从前杨迈来，玉芬就是这么招待。

赵正跟玉芬说，李雪要回他们的住处一趟，拿点茶叶过来下午喝。李雪听到没作声，早习惯了他遇事会用自己当借口，乐得回家轻松一下，两人就一起走了。在青镇，跟赵正待在一起，已经是最舒服的。

看舅舅舅妈离开了，杨迈才在家里每个房间都溜达了一圈。他对这个家很熟悉，老赵和玉芬一直没重新收拾过这房子，他在这儿读到高中，才在城里找了个差事，在那儿遇到了高楠，如果更精确一点说，是“赌”到了高楠。

如果有人能钻进杨迈心底，在九曲十八弯之后打开他内心最隐秘的门，就会发现，杨迈最本质的内核，确实是一个合格的赌徒。在他内心，极为相信“赌”这种方式可以带来人生飞跃。

给他启蒙的，是那个致力于使用各种以小博大的方式弄钱的爹，在他七岁时，买彩票中过二十万。虽然这二十万并没有用在他们娘儿俩身上。但他还记得当时那种欢欣，短暂地给当时已经摇摇欲坠的家庭，带来最后的一些温馨时光。

他在城里工作时，找同学吃饭，敏锐地发现了不善言辞的高楠，一个二十八岁的老姑娘，她看起来喜欢有人帮她做主。这样的女孩最讨人喜欢，两人既然组成家庭，有一份意见便好，两人各执一词，岂不乱了套？杨迈认为，舅舅之所以要弄到断子绝孙，正是因为那个冷面舅妈太有主意。

同学跟他打赌，他一定追不到这个已经考上学校编制，家境也不错的女孩，若没有这赌局，杨迈可能不会花费那么多功夫在高楠身上，但他又一次赌对了。高楠硬是扛住家里的压力，把户口本偷出来，嫁给了这个没什么正经工作，只有长相还算周正的杨迈。不久后，杨迈连城里的工作也不要了，回到青镇说要“创业”，弄了一个快递站，又觉得太累，关了之后整日到处找地方赌，美其名曰“找项目”。高楠父母也只好不停帮衬这个小家。

现在，杨迈看着陪着孩子跟玉芬玩的高楠，对她分外满意。他打算今年两人就备孕二胎，让姥姥姥爷再开心开心，虽说自己不姓赵，但家里添丁总是喜事，也让舅舅眼馋眼馋。有钱有文化又怎么样，最后没孩子，白搭！

今天来拜年，他也不是白来的。玉芬早说好了年底算完店里的账，会给他凑三十万出来，让他先还一部分债。其实他已经打点好了兔宝，她不敢来追债，如果七七八八把两人的聊天记录一摞，粉丝就知道她在化妆刷毛的广告里注了多少水分，可不是只有他偷偷换掉的那点。拿了这一笔，刚好过年能上牌桌。对赌这件事的渴望，快超越他吃喝拉撒的生理需求了。

不过，对于时髦舅妈不要孩子这件事，杨迈当然乐见其成，他早想好了，等舅舅舅妈再过几年到了五十，无论如何是要不上孩子了。他自比勾践，卧薪尝胆，熬个十年八年，赌笔几千万的遗产，相当划算。

可惜杨迈的大款舅舅远没表面上看上去那么镇定。过年期间外面每天都喜气洋洋地放鞭炮，赵正内心也是烈火烹油无处诉，股票的形势实在差得离谱，连在赌局上一夜输掉过一百多万的杨迈看到都要掉下巴。他没多跟李雪提及，总觉得还能翻盘。

李雪那边也是五内俱焚，从回来第三天开始，李凯杰突然音信全无。确切地说，是在她的微信对话框里失了踪。她送的球鞋出现在他的 Instagram（照片墙）里，她却没收到半句感谢。她主动发了拜年短信给他，收到一条语气亲热又敷衍的祝福。她在赵正陪玉芬的几天里，无心任何事，长时间在微博超话等待李凯杰出现。李凯杰发了一条微博，穿的是自己买的紫色潮牌 T 恤，在评论区，他回复粉丝评论："刚买的，我特地选了应援色哦！"李雪看到之后，心里咯噔一下。

夫妻两人各自心怀鬼胎，陪着玉芬过年。

到初三，一早就有人敲门，赵正打开门，看到小慧，她特地打扮过，穿得花红柳绿喜气洋洋，说来给师父师娘拜年。在客厅客套了两句，就进了玉芬屋里。小慧好像没感觉到赵正夫妻和玉芬对她的冷漠，依然热络地师娘长师娘短。她脆生萝卜一般，衬得玉芬像根干巴巴的树枝子，老赵也陪着聊个没完，最后倒是小慧和老赵你一言我一语说得很热闹。直到赵正进去以玉芬精神不好为由赶人，她才终于走了。

这一天迎来送往，镇上本来沾亲带故的人就多，因为玉芬生病，今年来得格外多。房子本不小，到下午时，一度也被撑得满满当当。烟与茶一拨拨奉上，熟与不熟都要点头微笑。大家都进卧室与玉芬打个招呼，然后在客厅大吃大嚼，她房里也没有多余的地方能坐下客人。

李雪守着厨房的烧水壶不停往客厅添茶，反正她也听不懂那些聒噪方言。

有个远房的婶子神秘兮兮地给赵正塞了张纸，挤眉弄眼拍了拍他的肩膀，他悄悄抖开，哭笑不得：

> 淫羊藿 15g、覆盆子 10g、桑葚子 15g、紫石英 10g、茯苓 10g、党参 15g
>
> 伴新鲜胎盘，服 3 次，每次一大碗

玉芬还有户姓程的表亲也来了，握着玉芬的手一迭声喊表姐。好半天赵正才想起来，这家儿子是他的高中同学，名叫程豆豆。程豆豆读书时学习极差，是赵正在班里不会多看半眼的混子同学，高考只考了 258 分。据说毕业就跟着亲戚去了乌克兰打工，具体在做什么也不是很清楚，后来突然发迹。程家妈妈含着窥伺和热心的眼神冲赵正瞟过来好几次，又探了几句玉芬的口风，问孙子多大了，玉芬忙说："年轻人，不想生，就随他们去了。"

这满镇都知道赵家没后，程家妈妈倒好像失忆了。听了玉芬的回答，也只是不置可否，不怎么相信的样子。赵正看她杯子正好空了，急忙借着添茶的由头出去了。等他再回玉芬卧室，客人已经走了，玉芬攥着张名片给赵正，是程家妈妈留下的，上书：

程豆豆

乌克兰优运宝宝辅助生殖机构 CEO

乌克兰优缘婚恋俱乐部 CEO

中乌友好大使

联系电话 / 微信：××××××××××××

邮箱：yoyun@××.com

又是一个瞎操心的！赵正当着玉芬的面也不好扔掉，只把名片随意装在兜里。他才不会去联系那个程豆豆。赵正高中时成绩很好，但那段日子并不算愉快的回忆。

赵正是被老赵卖给青镇中学的。他初中成绩太突出，只要就读青镇中学，就能发一万块钱，如果考上一本大学，再发三万。玉芬因此与老赵大吵一架，终是胳膊拧不过大腿。大部分青煤职工或者开小矿的煤老板都把孩子送去城里读书了，只留下一些烂泥扶不上墙的，勉强让混个高中文凭。班上不是家里条件实在不佳，如程豆豆那样的，就是很稀有的如赵正这样在哪里都能学个差不多的。

赵正是优等生，有老师罩着，没人敢欺负，程豆豆可不同。他瘦且小，发育得也晚，到高中了仍然比大部分女生矮。有次课间尿尿时被班上煤老板的儿子纠集几个人架住弹鸡鸡，说他的太小了，这玩意儿不长也罢。他痛得大哭，又被嘲笑得更狠。他被家长接回家，养了一周才回来上学，从第一排搬了桌椅，自己坐去最后面了。后来才听说，原来欺负他的那小子喜欢程豆豆的同桌，看他们平时多说了几句话，心里不爽，才拿他戏耍。

赵正对这些经过不感兴趣，他只觉得这些人吵吵闹闹影响他学习，当时他一门心思想考上大学，逃离青镇，哪儿想到现在又自己回来了……又有别人家的小孩追逐打闹时冲进玉芬房间，赵正把那些孩子带出去，他看到玉芬的眼睛正渴望地看着这些充满活力的小家伙。

从初四开始，赵正发现玉芬的精神突然萎靡了不少，一直睡着，脸色青白，赵正几次进卧室查看，还探了探她的鼻息。玉芬情况始终不好，赵正先把玉芬送去镇医院，也托了之前北京的关系，要找专家连夜从北京赶过来，可专家也得过年，一时还联系不上合适的。按理说，玉芬现在这个病程，不应该这么快恶化。镇上的医生做不出什么实际的判断，赵正内心是怕的，但在清醒时，他对害怕的事绝对不主动开口。他靠近李雪，让她站在自己身边。李雪默默握住他的手。

病房门口突然有人声，赵正原以为是医生，正要迎出去，却发现是老丁。老丁借发拜年信息给李雪询问玉芬的情况，听说后急匆匆从北京赶来。赵正和老丁视线交错，他眼一热，差点扑出泪来。

玉芬的精神游丝一般，时有时无，到了凌晨，初五要迎财神了，外面不时鞭炮声大作，烟花闪烁。病房中一片死寂，几个人或站或坐在病床前，内心都感觉不妙，又不知该怎么帮玉芬续命才好。老赵悄悄给杨迈发了微信要他也来，心里觉得这可能是最后一面了。

杨迈到得很快，还带了个蓬头垢面五十来岁的陌生女人，一进病房，就直直往玉芬床前去，赵正不明就里，刚要抬手拦，杨迈说话了："舅舅，别动，这是我请的张大仙。来给姥姥招魂。"

老赵认出了来人是镇上著名神婆："张大仙，张大仙快给看看。"赵正一时也不知道该不该阻止，都到生死攸关的份上，好像也没什么制止的必要。张大仙先在玉芬床头舞了一阵，仿佛猩猩嚎叫，又侧耳在玉芬脸前听了阵，说是"听气"，半晌，叫杨迈和赵正："你们来。"赵正和杨迈乖巧走到床前，张大仙说，玉芬这番是受了气，一时郁结住了，不过她还有心愿未了，一时半会儿还不会离开，得是最亲的两个人来叫魂，或许能留住她。指示他们一左一右，握住玉芬的手，在耳边轻喊，一个叫姥姥，一个叫妈。

赵正低下身子靠近玉芬，她身上有股久病的味道，玉芬紧闭双眼，赵正不知该看向何处，只好紧盯着她的耳朵。原来人变老后，连耳朵上都会有皱纹。

这番仪式进行了大约半小时，赵正一声声喊得泪流满面，玉芬之前曾说，“你不留后，我死不瞑目”，原来是真的。自己这辈子究竟喊过多少声妈？一定比这半小时所喊的还要多很多吧。李雪第一次见赵正这样子，心里也跟着酸痛，自己前阵子短暂地走神，在这一刻让她分外愧疚。

杨迈同样垂泪，心境却不同。

杨迈对母亲的记忆并不多，赵梅去世时他才八岁，能记起的无非是些碎片，大部分还都是扎心的玻璃碴子。当时赵梅去世，老赵不让她的棺材进门时，他早记事了，那是当地风俗，已嫁的女儿死了不能停尸在娘家，晦气。年幼的杨迈从玉芬和老赵的态度中，隐约觉出，这事不能提，所以也从未提过。他还记得有好几年，因为赵梅已经出嫁，老赵和玉芬不让她回家过年，母子俩只能在出租屋自己过年。两个人的房里，连台电视都没有，外面也是如现在这般鞭炮连天，赵梅给他哼唱“恭喜发财”逗他开心。他当然也对玉芬充满依恋，但带张大仙来的这一趟，除了看姥姥这一项来意，他也想顺便表现表现，最好还能给舅舅点暗示。

不知是赵正和杨迈的呼唤带着亲情的力量，还是张大仙真那么神奇，半小时后，玉芬的精神居然真的好多了，张大仙在病房门口下了道符，扶起玉芬给她喝了点香灰水，说让她睡一觉，明天就能好。玉芬醒转后，还闭着眼养神，又握着赵正的手不放，赵正高兴地挤出一个满脸横泪的笑脸，杨迈在一旁悄悄后退了些，终究，母子才是最亲的。

赵正这一晚没敢回家，老丁陪他在医院守着。十几年的老友在这时也把之前的尴尬翻了篇儿。

老丁被刚才这一番咋咋呼呼的操作镇住了，看赵正心情也轻松不少，问他："这大仙真这么厉害啊？"

赵正这么多年的唯物主义思想也有点动摇，眼睛还泛着红："我也没见识过，是挺神奇。"

老丁又说："你这外甥看着挺上心的，还是姥姥带大的比较亲。"

此时的赵正也对杨迈好感倍增，不管怎么说，他确实算立了一功："嗯，我妈没白疼，他欠那些钱一直是我妈的心病。等过几天，我就帮杨迈把债还上。"

老丁觉得他做得合情合理："嗯，这样你妈就更放心了。不过你俩要真不要孩子，铁丁了，这钱将来也确实是他的。

对他好，就是对将来的自己好啊。”

赵正沉吟片刻，认为自己在这一晚经历大悲大喜后，大彻大悟了：“我要自己生孩子，等我妈好点，就带李雪去医院体检。”

三

正月十五那天，赵正在从医院回来后，郑重其事对李雪提议备孕。李雪对赵正的决定早有预感，做夫妻十几年后，太多话无须明说，彼此心知肚明。她听完他的话，抬眼仔细打量赵正，一个年过下来，他显得憔悴了许多。赵正相比很多四十多岁的男人，是干净清爽很多的，最近杨阿姨不在，他一力承担照顾玉芬，只有小慧偶尔来帮忙。他无暇收拾自己，胡子与鼻毛都长长了，终于从极似玉芬的长相下，浮出点老赵的样子来。

“你想好了吗？”半晌，李雪的眼睛抓住赵正的眼睛。

赵正回看她：“对。这是我妈的心愿，我们从前太自私了。”

李雪觉得“自私”这个词放在此处着实文不对题，可她感受到赵正这次的决心。她敲打起脑中的计算器，将割舍不下的一切都除以二，可其中一些难以折算，她迟迟按不下那个等号键。

见李雪不回话，赵正继续说："我知道，你担心的很多。我们该享受的，也享受过了，每天这样，你不无聊吗？"

"孩子不是你摆脱无聊的工具吧？"李雪既理解他，又觉得他荒唐。

"我们从前讨论过这个，我还是那句话，不要曲解我的意思。如果按这个逻辑，那夫妻也是解决性欲的工具？父母也是你为了长大成人依附的工具？我们都是人，为什么你要屏蔽人身上的动物性，当一个好像什么都不需要的假人呢？如果你不觉得无聊，那你天天跑出去追星又是为什么呢？"赵正尽量平静地说。

"如果你不同意丁克，我们不会结婚！"李雪不想在追星这事上与他缠斗。

"是，我说过错了，我承认错误。可是如果要我再选一次，我还是要选你。我知道你害怕生孩子，害怕养孩子，可是有我啊。我们已经结婚十几年了，你想要的，想做的，我都尽量包容。我妈之前因为想抱孙子，着急了点。她现在病得这么重，也就这么点念想，我实在不忍心……再说了，你真的甘心我们把什么都留给杨迈？我们奋斗了半辈子，最后能落着什么？"

李雪听完，还是静悄悄地垂着眼睑。回到青镇是个错误，这里杂音太多，她自己能挖洞逃走，终究无法捂住赵正的眼睛和耳朵。她很想问，如果我不生，是不是就要离婚了？可是她不敢。赵正是风筝线，她飞得再远，知道这头有线扯着，总归会安心一些。她不想与父亲再多联系，朋友也不多，追星时混到的那些人恐怕不能称为“朋友”。这世上，与她有关联的人，所剩寥寥。清静吗？是的。寂寞吗？……是的。

两只小猫察觉到家中氛围诡异，都溜进房间，一左一右揣着手蹲在赵正身边，一人两猫，好似在跟李雪对峙。赵正心里坚定，反而不急着催问李雪，终于，等到她一句：“那试试吧。”

睡前，赵正走进了李雪的卧室，她正点燃一个香熏蜡烛，有檀香味缓缓蔓延开来。她穿着一套柔软的丝质睡衣，轻轻垂在身上，勾勒出平日看不出来的一丝赘肉。赵正许久没有看到过李雪的身体，都有些陌生。相处久了，身边的人渐渐活成一张嘴，一缕魂儿。

她轻轻把另一个终年竖着放的枕头横过来，拉开被子躺了进去，说：“睡吧。”赵正依言关了灯。

赵正在黑暗中把手伸向背对自己的李雪的腰，她也没动，他把身体严丝合缝地贴上去，把头埋在她背后。李雪胖了点，不像从前那么纤细。赵正轻轻剥下她的衣服，像抚摸一个全新的女人。这几年，不知是长久的分房而居让他冲动减少，还是确实变老了。

他动作凝滞地活动了许久，才勉强成功，又很快结束了。李雪没有什么配合，也没有抗拒。她就是这样。

他们选了一家私立的妇产医院，人没那么多，又能保持一定程度的清静。

在医院几番检查之后，医生对他们自主备孕的未来表示不乐观。赵正精子活力不足，李雪的生理周期一直混乱，从没管过，现在已经算是高龄产妇了，这样备下去也是耽误时间，不如直接做试管。

赵正戒了酒，天天绕着青镇的小道跑步三十分钟。他也尝试在家里的健身室运动，被那种与世隔绝的枯燥打败后，开始早上跑步。反正三十五岁之后，他也睡不了懒觉了。初春时节的青镇树上有了新芽，微风滑过皮肤时，只是轻微的凉意，这里不像往常那么乏味了。

咬咬牙抛掉一些股票后，赵正套了两百万现金出来，打给了杨迈，玉芬知道后很开心。当然，赵正说要备孕的事，令她更开心，精神好了不少。他又仔细打点了一番，忍痛下手，把大部分基金和股票都套出来了。高估了自己的投资能力后，赵正觉得还是把现金攥在手上踏实。把财产捋清楚，等未来有了孩子再细细安排。

从前觉得千难万难的事情都初见眉目，对于未来，赵正也重新充满期盼起来。

他每天早上起来都会打黑豆豆浆给李雪喝，据说对养卵泡有好处，玉芬让老赵给他弄来一大堆别人家自己种的黑豆，破壁机巨大的声响会在早上七点半准时响起，响彻整个房子，吵醒还在睡梦中的李雪。

繁杂的检查必不可少。医院环境再好，医生态度再温柔，将双腿岔开面对陌生人依然不是什么愉快体验，李雪对宫外孕的疼痛记忆犹新，几次走进检查室，腿都是软的。

接着是为期半个多月的促排。北京的医院开了促排针，李雪拿回家自己打，一天两次。几次打屁股针失败后，赵正接手了这项工作。每天两次把针扎进李雪皮肤时，赵正心里一刺，很迟缓地感受到一种愧疚。

李雪的小腹因为促排总是肿胀，看起来像已有了三四个月身孕，每天起床，头上都会增加白发，保持多年的清瘦状态也飘忽不定起来。她不再做瑜伽，也不再照镜子，权且将自己当作了另一个人，将被一些不确定性捏弄、塑造。

科技已经太发达了。两个不睡在一起的人，也可能生出孩子。

取卵的针非常长，仿佛能一直穿到喉咙口，左边取完了，医生正往右边卵巢操作。李雪打开双腿躺着，很庆幸人类的眼睛生在脸上，只要不抬起身子，就可以看着天花板，假装下面什么也没发生。她稍微打了一些麻药，所以没有太疼。

在李雪之前取卵的那个女人，因为卵泡太少，没有打麻药，她痛得大喊，连声说要放弃，医生热心又嫌弃地劝说了几句，她依然说要放弃。医生又劝，这哪儿有生孩子疼啊，这点疼都忍不了，生孩子怎么办？她说，她早就生过了，这是二胎，比生孩子疼！医生再次确认后，她下床出去了。

李雪悄悄问了医生，曾经宫外孕是否会影响做试管，医生否认了，她感到一丝失望。真羡慕已经切掉子宫的玉芬啊。

取卵这个词让李雪想到民间如何形容不孕的女性——不下蛋的母鸡。但她想不到该如何形容不孕的男性，取卵还未结束，她努力在记忆中找寻一个合适的词，来躲开疼痛。屋顶上惨白的灯光让她想到自己追过的那些舞台。通常，当全场沸腾，偶像即将出现时，会有一束光打在那个万众期待的舞台入口或中央。荷尔蒙在成千上万人中炸开，山呼海啸的欢呼声迎接着一具美丽的肉体出现。

同样的疼痛，李雪还得再受一次。第一次取卵后的囊胚培养失败了。这个结果赵正自然没有告诉玉芬。他把试管说得神乎其神，时间拉得长而又长，用这来吊着母亲一口气。玉芬说："妈可得好好活着，看眼孙子。"

到第二次，其实卵泡质量已经很不好了。医生忧心忡忡地给李雪开了后续取卵的单子，告诉她，这次也很有可能是失败的。如果这次失败，可能以后都难了。

不同于其他女人，李雪的表情漠然。她没有将这件事告诉等在外面的赵正。其实对此她早有预感，年过四十之后，她的经血就日渐稀薄。少女时，她的经期也比别人来得晚很多。为何证明女人的生育能力要通过鲜血？

到再次取卵的日子，她几乎是迫不及待要出发去医院。赵正也格外意气风发。两人不约而同显得充满期待。只是一个盼望新生，一个盼望终止。

周五下班，高楠没有等到来城里接她回青镇的杨迈。按平时的习惯，每逢周五，杨迈会等在校门外，所以她今天没有骑电动车来。在校门口等了一小时，发了几回微信，打了几次电话，杨迈都没接。女儿在爸妈那儿，母亲也几次打电话来说女儿在闹着要妈妈了。她站在春天狂暴的风里，一遍遍把吹到脸上的头发拨开，她有一种不祥的预感，杨迈大概又去赌了。

高楠一贯寡言，感觉却很准。就像她和杨迈第一次见面，互相碰杯时，她突然感觉喝下去的是一杯毒酒。

青镇盛赌，是从青煤发展最好那几年开始的。不管是矿上有头有脸的领导，还是要下矿的工人，兜里都或多或少有些闲钱。条件好些的，在镇上那家豪华酒店玩，条件一般的，三五个人随便支个牌桌，也能成一摊。煤养活了这个镇，也养活了赌徒们内心的野兽。后来青煤衰落了，赌却没随之消失，只是流向更隐秘的所在。比如杨迈正待着的，是家小卖部的里间儿，离老赵羊肠汤店不远，每天有十来个人固定出席。小门紧闭，连窗帘都拉着，一进去汗臭混着烟臭，还有钱腥气，一起把小屋蒸腾得看不清面前的人。

杨迈已经在这儿待了快二十四小时了，牌桌下的腿以一种疯狂的频率抖动着，连着心脏也剧烈跳动。他脚底有凉气一直往上蹿，左脚尤甚。这个脚的大脚趾，前几年被镇上烧烤店的长子丁文带人剁了。那次的钱是高楠父母帮着还上的。

杨迈不停抬眼看着对面这个叫杨力的本家亲戚。杨力在青镇被叫作“赌神”，据他自己说，曾经一晚上赢三百万，至于怎么赢的，他从来都是笑而不语。杨迈拿着舅舅给的两百万找到他，商量两个人一起用这笔钱当本金，一起上场，出千。赢了三七开，输了一起担债。

这一把，再输，杨迈就要赔掉账上所有的钱。但刹不住，他刹不住车。输了会怎么样？不知道，后果可能很多，还来不及想。但赢了会怎么样？会很爽很爽！他曾赢过，感受过。杨力狠狠地吐出一个烟圈，阻碍了杨迈找寻他的视线。杨迈心一横，下了注，开了牌。

然后再一次的，他又输了。

拿着医院再次出具的试管失败报告的赵正，同样心底拔凉。事不过三，他暗暗想，要再试一次。

这第三次却没那么容易。一个月后，李雪的身体像是感应到她的不情愿，索性停了经。她这辈子的卵子，可能都在疯狂的促排中用光了。同样用光的，还有李雪的耐性。

在赵正第五次询问李雪的月经有没有来时，她终于直视他："没来，好久没来了。我生不出来了。"赵正想反驳，又真的不知道该说什么，她配合也配合了，就是没有，能怎么办？两人都沉默了很久，不明白事情怎么到了这一步。

李雪先开口："你怎么想的？"

赵正苦笑："不知道。"

"你做什么决定，我都可以理解。"李雪已是做了最坏打算。

"别说这些了……这是我们要共同面对的问题，大不了去领养。"

“你爸妈不会同意的，他们就是要赵家血脉，你还不明白吗？如果你想分开，我真的能理解。”

赵正当然明白，他想先忽略李雪这番气话。玉芬现在不太吃得下饭，常常失禁，伴着尿血。她还总发脾气，杨阿姨请辞了两次，他加了两次工资，在找到新阿姨之前，好歹是把杨阿姨留住了。老赵一直不怎么过去看玉芬，赵正没心思跟他掰扯。上次去北京医院时，医生那些不便直说的暗示玉芬时日无多的话，他听得懂。他现在用这点念想给玉芬吊着命，如果她期盼了一场，最后带着遗憾走了。那下半辈子，他将日日悔恨。

时间如此紧迫，要说他从未因孩子的事想过离婚，那也不准确。

但一来，赵正认为自己和李雪间就算没有了热烈爱情，但好歹有情分和依恋在，不到万不得已，肯定是不能离婚的。这不是因为赵正情深似海，恰恰相反，他相当寡情，李雪之前，他只在大学时交过一个女友。那个乖乖女千依百顺，让他深感乏味，他应该也让对方兴味索然。三年恋爱间，两人每周例行公事见一次面，老丁管他们这段感情叫“死火山之恋”，到最后也没人喷发，干脆意兴阑珊地结束了。婚后这几年，他虽然抓着大把的钱，倒还真没有什么脱轨行为。目之所及，还是李雪最好，聪明、轻灵。要他为了孩子，再去找个“肚子”，他不只是对李雪狠不下心，对自己更狠不下心。

二来，当年闻名远近的美人赵梅高中还没毕业就和矿上的工人杨建厮混，最后未婚先孕，挺着个大肚子，婚礼都没办，就住进了杨建的出租屋，被老赵当作奇耻大辱，玉芬也连日垂泪。赵正私心认为，老赵更生气的在于无法像自己读高中时那样，在赵梅出嫁时，把她也卖个好价钱，但无论如何，赵家，不到万不得已，是不能再有人离婚了。

十几年没有上班了，但赵正仍不时回味自己当年面对程序故障时那运筹帷幄的心情。当日，行业和运势拱着他到自己目之所及的世界之巅，他深信自己能解决生活中的一切问题，而现在，他一筹莫展，原地定住。

和赵正谈完，李雪说要回房间静静，正在阳台发呆，李凯杰突然出现了。他发来微信，语气热络得仿佛这几个月没消失过。李雪的眼睛莫名有些热，她开始追星，纯粹为了打发无聊时间，所有的偶像，她都在内心把他们叫作“小玩意儿”。直到遇到李凯杰，她当别人是玩意儿，结果把自己玩儿进去了。

她试探着问李凯杰最近这阵子去哪儿了，他语气轻松，说：“在训练啊，好忙哦，过阵子要进剧组了，上了台词课、形体课，第一部戏公司好重视的，小雪姐是不是想我了？来找我玩不？我在上海呢！”

李雪内心五味翻滚，先丢开手机。她反锁房门，放了水，点了一支木质香调蜡烛。先把身上的衣服都脱下来扔到脏衣篓，再仔仔细细淋浴。她轻抚过自己前阵子因为打针而形成不少硬块的臀部皮肤，还有还没完全平坦的小腹。

洗净之后，水也放好了，她迈进浴缸，才开始哭泣。

赵正要孩子，自己已不可能有，或许可以拖到玉芬离开，但赵正的念头会因此打消吗？她很怀疑。如果要一个孩子，能让赵正的生活重新焕发生机，那她觉得赵正是该要一个。他条件不差，再找一个年轻的不难。如果人生能在四十岁时因为意外戛然而止，该有多好。

从浴室出来后，李雪买了最近一班去上海的机票，随意用小行李箱带了些随身衣服，把猫粮放满，叫车去了机场。她给去看玉芬的赵正发了微信，说自己需要两周时间好好想想，想明白了，就回来。

四

收到李雪说要离开的微信时，赵正正在玉芬床前，见他看着手机脸色变了，玉芬急忙问怎么了。赵正说：“没事，老丁的消息，抱怨自己工作不顺利，最近他们公司又在裁员了。”然后他哄着玉芬，晚饭好歹吃了点粥。

回家之后的赵正，翻来覆去了半宿，两只猫在深夜来了精神，床上床下地飞奔。他睡不着，干脆起来喝酒，反正现在也不用备孕了。他把家里所有的灯都打开了，也不想开电视，拿着杯红酒在家里乱走。他在李雪床上呆坐了一会儿，还是没有睡意，打算做些家务消耗体力。他把脏衣服塞进洗衣机，掏兜时，突然发现了自己之前随手塞进去的程豆豆的名片。

“辅助生殖”到底是怎么个辅助法？赵正在深夜来了好奇心，打开浏览器搜了搜，原来，是让另一个女人的子宫来帮助生育啊。

接下来，赵正泡在网上研究了三天。“代孕”这个词他只大概在新闻里听说过，一度以为是待产中心。搜索之后才知道，原来现在这么多人在代孕。他后悔没有早点接触，为什么非铆着要李雪自己生呢，她不爱生就不生呗。

钱自然是此时最不需要考虑的，除了程豆豆开的优运宝宝，美国、乌克兰、泰国、印度，他全都看了一遍。他想好好打听清楚，确定了，再告诉李雪。这真是一个完美方案。

优运宝宝的中文网站制作得十分精美，点进去都是大眼睛长睫毛的可爱宝宝，旁边是程豆豆和他的乌克兰妻子及混血女儿的照片。要个孩子在网站上看起来轻松简单，温馨有爱。赵正本不喜欢孩子，都要被这些小精灵一样的照片打动了。

赵正从前就听说，程豆豆去乌克兰一阵子之后，娶了美貌的乌克兰妻子，结婚时对方似乎还未成年。他搜索到程豆豆的微博，更新很频繁，最常发的是老婆。有一张是玲珑有致的妻子穿着比基尼在包饺子。他点开评论：

“兄弟，牛 ×，给中国男人争光！”

“羡慕啊，乌克兰是不是真的很好啊？多给我们介绍介绍呗。”

“为你自豪！扬我国威！”

这程豆豆与粉丝热烈互动，鼓励大家只要加入他办的跨国相亲俱乐部，一样能娶到这样的老婆。这人这么多年，还是那副猥琐样。赵正轻蔑地想。

他先在线上跟“生育顾问”聊了两天，对方发来大量的实例。

“先生，您可以考虑双胞胎宝宝呢。”

“总费用不超过一百万哦。”

“代母我们都精心挑选过，稍后我给你发几个代母的资料。”

“全程没有额外收费，到时候您过来这边带走宝宝，我们负责全程接待。”

顾问殷勤热络，详细讲述了代孕的周期、收费和后续流程。

还没买房子难，赵正心里暗想。他知道代孕在中国是违法的，但这家机构的中文网站没有受到影响，甚至注册有官方的微博和微信公众号，这给了赵正更大的信心。他去微博看了，有人在下面质疑：“代孕在中国违法哦。”官博毫不客气地回复：“我们的公司在乌克兰哦，亲，有意见请去举报中国的公司。”

赵正觉得这回复看起来底气十足，肯定是没什么问题的。他从小就是优等生、学生干部，遵纪守法，如果真的违法，他才不干。但代孕在乌克兰确实合法，那么只要他联系好程豆豆，等一切就绪，再给李雪看，她一定很开心。

赵正添加了程豆豆的微信。打了个招呼后，程豆豆迅速切入正题：“老同学想做代孕？我刚到北京，马上就回家，咱们明天见面聊？”

赵正临出门在衣柜前站了半天。他很久没有为“出门穿什么”这种问题思考过了，没想到还要为程豆豆花上这么些功夫。他没料到搞代孕还有“跟高中同学见面”这个环节，如果不是时间紧迫，需要靠谱的机构，赵正都有点想打退堂鼓了。这程豆豆，回来得真巧。

他当年没有参与过对程豆豆的种种欺侮，不过面对当年在自己面前狼狈过的人，对方尴不尴尬姑且不论，赵正倒总是会率先尴尬起来。

穿西装好像太隆重，穿运动服球鞋又显得比较落魄。最后赵正选了件随意些的西装外套配牛仔裤。临出门时他又照了照镜子，嗯，看着比同龄人年轻。

不过程豆豆的状态，显然比赵正还好。程豆豆跟那些精修的照片居然相差无几，虽然还是瘦小，但面皮紧绷，发量可观，穿了一身明显很高级的西装，又脚蹬一双印着名牌标志的运动鞋，腋下夹着一只上面有个虎头的手包。远远地，程豆豆就满脸堆着笑走过来，还未走近，手先一步伸了过来。

“老同学老同学，好久不见啊！”程豆豆口音跟当年已是不同，这普通话中，微微的青镇口音大部分人肯定听不出来，倒是一股子东欧味。

赵正多年不在职场上打滚，调动肌肉记忆挤出一个公式化的热情笑容：“豆豆，好久不见啊！”

他们约的镇上最高级的饭店，擅长做一些意味不明的粤菜，每逢谁家有喜事，都要去点上一份炸带鱼。两人落座，程豆豆腿一跷，西裤往上缩了一截，露出一段在北方春天里显得萧瑟的光脚脖子。

由于此番是来谈生意，赵正也不知道该如何开口，先叫服务员来点菜。程豆豆连声说太想念家乡味道了，除了炸带鱼，还点了些青镇人爱吃的下水等物。服务员一一应了，拿着点菜单走了。程豆豆一拍大腿，像刚想起来什么：“哎，老同学，你家的羊肠汤才好吃啊！店还开着吗？”

“开着的，开着的。”

“哟，那时间不短了，等你继承了再开段时间，就能当百年老店了啊。到时候我给你卖到乌克兰去怎么样！”程豆豆说罢，也不等赵正反应，先自己呵呵笑了半天。

赵正嗯嗯啊啊的，听程豆豆又回忆了一阵高中生活，他像对往日的屈辱失忆了，还发掘出不少老师同学们的趣事，虽然大部分人赵正已经对不上脸了。他的自在冲淡了赵正预想的尴尬，让赵正话也稍微多了些。

刚上菜，程豆豆的微信就收到视频电话，是他的混血老婆带着女儿打来的。他接起来叽里咕噜说了半天外语，又要女儿跟赵正用中文打招呼，小姑娘的中文也仅止于“泥嚎（你好）”，赵正硬着头皮比手画脚跟对面一大一小两个美人打完招呼，程豆豆好歹是先把电话挂了。

“我女儿可爱吧！”

“确实很可爱。”

“生孩子之前，我也没想到生了孩子之后能对她那么有感情，现在每天累死累活挣点钱，也是想给她将来铺铺路啊！”

赵正听着程豆豆这番话，实在耳熟，从小到大，从自己是孩子，到了做父亲的年龄，身边的父母们，总是这套说辞。程豆豆又一番教育孩子的高论，说要让女儿学中国文化，不能落下，将来中国才是世界的发展方向云云。

程豆豆一边吃一边招呼赵正：“吃啊！凉了这带鱼就腥了。”他一边用嘴细致地分解带鱼，还一边继续说，“老同学想要个宝宝是吧，来个混血男孩？”

这听着像买菜。赵正回答：“对，确实是想要……”

“嫂子的卵子不好？你查过没？活性够不够？能自体供精吗？”

程豆豆泰然自若地问这个，赵正不好不答：“……我的应该还可以，她确实卵子不太好，所以这不是才想找你……”

程豆豆摆摆手：“正常正常，现代人生活习惯不好，要孩子可是不容易。我们这儿国内客户可多了，乌克兰代孕合法，又老打仗，找代母可容易了。”

赵正不怎么想跟他聊乌克兰局势：“是吧，她们也都不容易。”

“这还好女人有子宫，这钱说起来总比卖身赚的干净，你说这打起仗来，男人说死就死了，女人还能靠怀孩子赚钱呢！”

赵正不想接话，程豆豆自顾自地说：“我有时候就想吧，你说以前的人，要不上孩子，都去拜送子观音，我现在搞这个，算不算现代送子观音啊？哈哈哈。不过大家是得拿钱来拜我。”

赵正只想赶紧结束这场对话，直接问道：“如果要双胞胎，怎么收费？越快越好。费用按你们的规矩来。”

程豆豆嘴停了，嘿嘿一笑：“别着急啊老同学，待会儿我就把费用标准发给你。放心，有我，你不用排队，第一个给你做。你就等着抱大胖小子吧。”

李雪还不知道自己的丈夫正精心谋划，让自己真正实现“无痛当妈”。她在李凯杰在上海的公寓附近找了个酒店，还没告诉他自己来了。

青镇只有些新绿，上海的春色已然很盛，满目繁花。第二天一早，她无目的地在街上游走。刚结婚第二年时，她和赵正也来上海住过一阵子，短租了一套老洋房。老房子的洗手间永远一股霉味，却有一个可爱的拱形阳台。她长时间地在阳台上读书、发呆。如他们双双辞职后形成的习惯，两人会在非高峰时段出去吃饭，上海总有很多可以户外用餐的可爱餐厅。阳光穿过梧桐树洒下，那一帧两人说笑的画面如果定格，一定很好看。所有的婚姻都会下坠吗？明明那时候觉得两人一起那么好，那么轻盈，飘浮于一切世俗之上。

她走到一家思南公馆的咖啡店，这家店他们也来过。赵正不喝咖啡，在各地咖啡馆都是点杯牛奶陪着她消遣。隔壁桌应该是一对相亲的男女，男生讲了个冷笑话，女生大笑。真可爱啊。

微信又收到李凯杰的消息，是一条他拍的唱歌视频。他年纪轻轻，却喜欢唱些粤语老歌，这首是《月半小夜曲》，李雪拿出蓝牙耳机，听了一遍，又听了一遍。

李凯杰的声音像痒痒挠一样扫过她的心。“她似这月儿，仍然是不开口”，粤语不标准，但唱得不错。

来了上海，她反而不那么想见李凯杰了。她从没幻想过和李凯杰有什么真正的“关系”，她只想先从青镇逃走。那里是赵正的家，她孤立无援。

“很好听。”她回复。

“嘿，是吧。可惜你不在上海，不然我唱给你听啊。”

李雪犹豫了一下，回道：“我现在在上海呢。”

底裤都输掉的杨迈连续几天找不到杨力，在他家门口蹲了两天，才逮到半夜偷溜回家的杨力。杨迈一把把杨力拽过来，拎着领子压墙上，熬了两天没怎么睡，杨迈双眼血红："你这孙子，不是赌神吗！不是赌神吗！你还我钱！"

杨力知道他也不敢怎么样，死皮赖脸回答："没钱，你把我杀了好了。"

杨迈脑子嗡地一响，倒是真的想杀了他，但杀了他也还不来钱，手劲儿先松了，捂脸蹲在原地。杨力看他这副样子，觉得他既不开眼又窝囊："你舅舅那么有钱，你干吗不管他要？"

杨迈都被气笑了，他还给自己出上主意了："那是他的钱，我凭啥要？"

杨力觉得他纯属抱着金饭碗讨饭吃："他不是不要孩子吗，你要点钱算啥？你得把眼光放长远。吃绝户，吃绝户懂吗！我要有这种舅舅，我还不天天孝敬着伺候着，让他给我当爹我还巴不得呢！"

"你懂个屁！"

杨力死皮赖脸地笑："我是不懂。不过现在说这些也晚了，你舅舅马上要有孩子了。"

"放什么屁！我那个舅妈根本生不出来了，怎么着，你帮他生啊？"

"你懂屁，你舅舅找了程豆豆准备代孕，找乌克兰妞儿生混血龙凤胎呢。程豆豆昨天刚回国，俩人已经见过了，这笔买卖就算成了。”

杨迈不信：“你怎么知道，你趴我舅舅床底下了？”

“程豆豆昨天在镇上溜达了一圈，全镇都知道了，傻×吧你！”

赵正把代孕顾问给的表格和文件都填好，准备出门打印了签字寄去。程豆豆已经去天津看自己的办事处了，说自己特地回趟青镇，就是为了“亲自帮老同学把关”。

赵正前一天听到他这话，内心暗想“我呸”，但有求于人，也不好翻脸。他取了车钥匙正要出门，门铃响了。他这几天发给李雪的微信全都没回复，只好苦等两周之期，来人也不会是李雪，那只能是老赵了。

他不耐烦地拉开门，门口却是两个民警。这场景超出意料，赵正几乎以为自己在做梦，两个民警先开口问：“赵正吧？”

“哎，是，是。”

民警抖出张纸，赵正因为太震惊，眼睛还是花的，还没看清上面的字，就听其中一个民警说：“代孕在中国是违法的，跟我们走一趟，聊聊吧。”

李雪第二天醒来时，李凯杰还没有醒。他年轻的皮肤干净得有点透明，睫毛垂下，在脸上打出两个小影子。李雪轻轻下地去洗手间，这套公寓是李凯杰进横店剧组前临时租的，陈设简陋，铺着粗糙的地毯，她赤着脚，脚心被挠得发痒。

李雪关上洗手间门，先把牙刷了。昨晚的一切开始得很突兀，李凯杰先是唱歌给她听，然后开始喝酒谈心。

他说了很多，说妈妈在他三岁时就出国了，说自己是跟着爸爸长大的，继母带了妹妹来，他小时候总是很嫉妒妹妹。李雪的话不多，是个好的倾听者。他越说越多，说自己的女朋友们都比自己大，她笑着回："所以你是恋母吗？"他居然就这样凑上来索吻。在开始脱衣服前，李雪巧妙地关掉了灯。

他很年轻，按理来说这应该是段火热的经历。但实际上，他先是表现得轻车熟路，后来又草草了事。跟现在的赵正比起来，没好多少。

明天李凯杰就要进组了，这短暂的脱轨后李雪会留在上海。离婚后，自己就搬回北京吧，再找个工作。重新开始很难，但继续现在的生活更难。李雪之前在4A广告公司做到了副总监，辞职后招她进公司的副总非常惋惜。李雪思维很活跃，但不怎么爱说话，表达都放在了工作上，做方案写文案总是默默交出成果，效果比那些把工作挂嘴上的人不知道好出多少。李雪那时候觉得领导或多或少是带了点嫉妒在谈自己的辞职，现在想来，倒是自己以小人之心在看自己的伯乐了。

想着想着，李雪突然觉得有些异样，她坐上马桶一看，月经居然又来了，她先扯了些卫生纸垫上，又悄悄出门去买卫生巾。

李雪顺便带了早餐回来，进门时，李凯杰刚从浴室出来，半围着浴巾，周身清爽。他不算高大，比赵正矮不少，但举手投足像有尺子在量，表情和动作都管理得十分到位，两人随意聊了点有的没的，李凯杰实在是做艺人的好料，他没有丝毫尴尬神色，好像昨晚的一切都没发生过。

不愧是做偶像的，李雪看着他，暗想，看着比吃着香。但她依然对他感到意兴阑珊，之前在青镇曾经历的情绪波动像一场梦，人到底还是不可能被梦操纵。

吃完早餐，两人下了楼，李凯杰今天要去横店，车已经等在外头了。李雪看着他上车，他回身搂住李雪，在她颈窝蹭蹭，她拍拍他的头："拜拜。"

有一部手机隔着公寓大堂，悄悄对准了他们。

@娱扒公

#李凯杰恋情曝光#有粉丝拍到人气偶像李凯杰

疑似有恋情，一女子在他所住公寓送他上车，两人亲密拥抱。对方看起来比李凯杰年长不少。原来李凯杰喜欢姐姐？你对他的新恋情有什么看法？欢迎留言讨论。投稿@凯凯的小面包

评论：

李凯杰？谁啊……

啊啊啊……不要啊……我的凯凯……呜呜呜……

这年头真是谁都能叫人气偶像了！

坐等官宣。

姐姐挺好的呀，他要承认我马上路转粉！

他有啥作品，完全没听说过，现在的偶像怎么都长一个样？

李雪是在粉丝群被疯狂@之后才看到这条营销号发的微博的，这消息完全出乎她的意料，她汗毛倒竖。有一些老粉认出了李雪，不停发问：

“雪姐，这是不是你？”

“说话啊！这是干吗呢？”

“是啊，别装死好吧。什么情况啊！”

李雪呆呆地看着那些信息，回什么？怎么回？那到底是什么情况？说出来会怎么样？婚内出轨？偶像丑闻？姐弟

恋？是不是要先告诉赵正？玉芬还病着……

突然有人出来打断了刷屏的信息，是群管理员，也是李凯杰的大粉。

“大家冷静！我已经问过凯凯了！凯凯说雪姐是去送他进组的，雪姐是老粉，也算长辈，凯凯给点福利是应该的啦。大家也不要怪雪姐跟凯凯哦，他代替雪姐跟大家道歉！下次见面每个人都可以抱抱！”

粉丝的情绪很快被安抚住了，这条回复也被转到了微博。也有人不信，说少扯什么长不长辈的，那个亲昵样子明显就是有一腿！好一个长辈，好一个“代替雪姐跟大家道歉”。李雪突然感觉羞耻。这时候她接到了派出所的电话，通知她，她的丈夫正在接受问话。

李凯杰的粉丝基数不大，这事到底是翻腾不出什么浪花的。“人气偶像”很快被玩成一个梗，营销号嘲弄李凯杰还太糊，这新闻只气到那点粉丝，顶多算个“气人偶像”。

等李雪匆匆赶回青镇，赵正已经从巨大震惊中缓过神来，出了派出所坐在家里了。他刚进派出所就交代了个底儿掉，小镇的派出所里，民警们都知道他这号人物，也知道程豆豆。最近因为代孕相关的新闻事件甚嚣尘上，所以接到举报总要管管。赵正还没给优运宝宝打钱，只是浏览了信息，跟顾问做了沟通，不能坐实参与代孕。既然没什么实质行为发生，机构也在国外，警察对他一番严肃警告，加一顿闲话劝告，再补几个同情他无子，所以干什么都能理解的眼神，就放他回家了。

李雪在电话里简单了解了一下情况，知道赵正这是病急乱投医。她早就知道代孕这档子事，在追星的圈子里，曾有同性恋朋友向她展示自己在泰国代孕的孕母发来的视频。那是她第一次直观面对“代孕”这件事。

视频里是一个没有头的孕妇，在镜头前缓缓旋转，将孕肚展示给买主。看过视频的当晚，李雪就做了噩梦，梦中，她变成那个没有头的孕妇。她没有头，只有子宫。那时她觉得自己会坚决反对代孕，女性的身体是自己的，怎可作为他人的生育工具？但李雪现在乍一听赵正去搞代孕，却是松一口气。自己到底是怕生，还是怕养？如果能只花点钱就搞定一直恐惧的怀孕和生产，自己真会那么坚决反对吗？

两周未见，赵正瘦了一些，不知是殚精竭虑盘算代孕累的，还是被进派出所这事吓的，看起来眼窝深陷，双目血红。他也不知道要从何说起，看到李雪时周身都软了，李雪叹气，过去把他搂在怀里。

赵正把头埋在李雪肚子上，感觉到她离开前僵硬凸出的小腹重新变扁了些。李雪的羊绒衫质感轻柔，他把脸在上头蹭了蹭，李雪随之揉了一下他的头。两人谁也没再提离婚的事，他们都太累了。

很快，赵正进了趟局子的事就传开了，小镇没有秘密。

青镇的舆论场很乏味，赵家这些事让邻里多了不少谈资。之前赵正回乡时，尚在志得意满时，洗刷了赵梅那段不光彩的往事，众人皆眼热老赵家儿子有出息。但他每天都像待在山洞里，住着大房子，却不生孩子，不出门，老婆又整天跑得不见踪影。慢慢地，大家看他们的眼神又变了，他们成了“奇怪的一家子”。

听闻赵正进了趟局子，老丁又简单听赵正说了他备孕与代孕都告吹的事，在后备箱装了三瓶茅台，周末来青镇，说给他压惊。

三两下肚，老丁面红耳赤，脖子胀得比脸都粗：“赵儿，你知道吗，这都是钱闹的啊。你说钱到底是个什么东西，你说你要是没钱，你还不是得老老实实生孩子养老？”

赵正也没吃东西，就喝了三杯，很快上头，平时斯文，现在说话也野了：“钱……钱都快祸祸光了，我现在就是个人财两空的大傻 ×。我看我该去找个工作……哎，你们公司还要人吗？”

“你别撒酒疯啊，我们哪儿请得起你这尊神？不过，你这次到底咋回事啊，谁报的警啊？”

赵正也已经想了好几天这个问题了，嫌疑最大的，自然是杨迈，可是这代孕还在准备阶段，他根本还没告诉老赵和玉芬，难道真是因为最近管得严，所以被查到了？

他摇摇头：“不知道。这破地方太小了，放个屁都能传遍整个镇。”

老丁同情地拍拍他的肩膀：“小地方就这样，舒服也舒服，麻烦也麻烦。”

赵正酒精上头，突然话题一转，问老丁：“老丁，我决定丁克的时候，你怎么想的？”

老丁被问得一愣，赶紧转移话题：“大家都是成年人了，都有自己的决定，喝酒喝酒！”

赵正却不依不饶：“你说，我不生气，我就想知道你怎么看。”

看敷衍不过去，老丁叹了口气：“好好好。我也不怕你觉得我传统。我总觉得，孩子得有。人生说长不长，说短不短，我们很努力地活了，但也说没就没了。说得自私点，我想让我的基因传承下去。没孩子，我觉得就跟自杀差不多吧。就这么没了，啥也没了。所以当时是挺不理解的吧。”

赵正长叹一声：“可我总觉得……我也没那么好，真的值得延续下去吗？”

老丁理解地点点头："是，你一直就是要求完美，连对自己都是。可是每个人真的有'好'或者'不好'之分吗？人跟人就只是不一样呗。你看我平时挺粗线条的，但小丁小时候，胖乎乎的，在那儿睡着，小肚子在那儿一起一伏的，有一次我盯着看了半小时，就觉得这个小玩意儿每天长大一点，那么有生命力，看着特感动，就特别想哭。"

是了，老丁就是这样，他没自己有钱，但他活得好像比自己容易啊。这半年，四十多岁的赵正，强迫自己发生变化，再次长大。可是他早已停止生长，如何能再长大呢？

赵正嗯了一声，和老丁干了一杯。老丁又问："那现在要孩子这事咋办？"

"不知道，真不知道。我妈……我觉得情况不好。李雪那儿，她回来之后也没来得及再聊这个事。代孕可能还真是有风险。这是条条大路都给我堵死了。"赵正仰脖又吞下一杯酒，扒着老丁肩膀："那我还能咋办，我只能认你儿子，让他给我养老，哈哈哈，你说是不是？"

"你这么一说，还挺有道理啊。那要不，咱待会儿就认？"

赵正搓了把脸："认……认个屁！你儿子你留着吧，别天天给他找新爹！"

五

本来赵正只是进趟派出所，毫发无损，跟玉芬编了个借口，说去医院弄试管的事，就敷衍过去了。隔了没几天，赵正和老丁喝完酒第二天宿醉未醒，打电话让老赵过去帮着杨阿姨照顾一下。谁知道老赵自己没到，派了小慧去，三两下就说到赵正那天进了局子。玉芬听说赵正试管也失败了，派出所也是因为弄孩子的事进去的，一下子受了刺激，觉得都是自己不好，当天就思虑过重，精神也差了。

赵正听说后恨不得给小慧两嘴巴子，他打电话给老赵，狠狠跟他吵了一架。他原本不想理老赵的种种，这下一股脑全倒了出去。玉芬一生病，老赵就像失去母亲管束的顽童。玉芬刚生病时，还有些精力过问家里和店里的情况，隔阵子也会回家休养。最近赵正是实在无心无力，忙于试管，没怎么主动去店里带老赵去医院。哪儿想到他连过去照顾一天都不愿意。老赵一番争辩，说自己太忙太累。跟老赵吵架永远是原地打圈儿，没个结论。最后以父子两人同时怒挂电话告终。

跟父亲吵完，还得装没事人的样子继续照顾母亲。玉芬这次的衰弱，继上次后是雪上加霜，熟悉的恐惧感攥住赵正的心脏。老赵不常来，杨迈倒是天天报到，端屎端尿也毫不避讳。赵正之前对杨迈总有些忌惮，现在也基本打消了。无论如何，杨迈对玉芬，着实是没话说，他的帮助大大缓解了赵正的劳累，李雪这次回到青镇后也不知怎么的，还比较常陪赵正来医院。几人七手八脚地照顾病人，还培养出些革命情感。

这天喂玉芬吃了晚饭，帮她擦洗后，杨迈说看舅舅太累了，晚上一起吃个饭吧。赵正从来没私下跟杨迈吃过饭，这次同意了。

镇上现在也没什么太好的吃饭的地方，杨迈选了家自助火锅店，这老板原来也是青煤的员工，铁饭碗没了后开起火锅店，靠物美价廉，在镇上还算顾客盈门。

快到夏天了，锅一开，熏得两人都出了层薄汗。热气腾腾地吃了一阵，又喝了两杯冰啤酒，还真有点解乏作用。杨迈叫酒拿菜都很麻利，等吃到半饱，酒酣耳热，杨迈说起小时候玉芬对他多好，渐渐动了情，他说自己很害怕，感觉要第二次失去像妈妈一样的人了。赵正也没忍住，跟着他一起流泪。后来杨迈又问起舅舅现在要孩子要得怎么样了，赵正把之前做试管和代孕的事一股脑说了，听得杨迈连声叹气。说完进派出所那事，杨迈突然一拍大腿："我有个同学在城里医院，好像也能操作这个。"

赵正可不想再进次派出所：“操作什么？代孕？这个在国内违法，在乌克兰还好，不过一时半会儿，也还没找到靠谱机构。”

杨迈摇头：“找国外才不行啊，舅舅，你们到时候还要出国带孩子回来，太麻烦了，时间也太长，就得在国内搞。代孕违法是机构违法，只要有了孩子，顶多罚点款，还能把孩子塞回去不成？”

确实有点道理，赵正还是犹豫：“你那个同学靠谱吗？”

“绝对没问题！他就在大医院上班，私下接点这些活。我记得他说只要五十万就能搞定。用的都是医院试管那些设备。只要怀上过了前三个月，等稳了就能告诉我姥姥了，她肯定特别高兴。还能选性别，生儿子没问题。”

“我……我再想想吧，也要跟你舅妈商量一下。”

“是得跟舅妈说一下。不过这事得抓紧，我姥姥现在情况不好……哎，说不定她一高兴，还能好不少。来，舅舅。”杨迈举起酒杯，赵正跟他碰杯，喝了五瓶了，他有点迷失在杨迈跟赵梅极度相似的微笑中。

李雪听到杨迈的提议，首先闯入脑海的想法是“需要多少钱”。她惊觉自己已经悄然接受了代孕生子。上次又来了月经的事，她没告诉赵正。她已经把李凯杰的微信删了，在上海的一切，只会是一场深藏内心的静默风暴。

赵正又细问了杨迈一些细节，定金十万，抱到孩子付剩下的四十万。好像风险不大。现在手上的钱已没有那么富余，难免要稍微打算一下。无非就是损失十万块钱，还损失得起。

他本打算认识一下杨迈那位同学，但杨迈说对方很谨慎，不想露面，代孕妈妈更不可能见了，她们都要保护隐私，和客户彼此知道对方是谁，将来容易有问题。是这个理儿。赵正没再多问，既然决定了，瞻前顾后也没什么用。杨迈给他拿来一份代孕妈妈的资料，有模有样地做成简历的样子，除了照片外，年龄、血型、身高、体重、学历，一应俱全。“还是本科毕业生呢。”杨迈夸耀，“在代孕妈妈里很难得。”这倒是，赵正了解过，国内很多做代孕的，都是学历很低的农村女人，村里可能有个中间商在外面搞代孕，发动全村一起做。这些女人一单代孕的钱，可能抵得上全家全年的收入。有本科学历，实属稀少。想到自己的精子即将进入另一个陌生女人体内，略有洁癖的赵正也觉得，对方的信息还是少知道些好。

取精那天，他去城里开了间酒店房间，好不容易才进入状态，勉力装进试管里，又提前买了个塑料饭盒，里三层外三层用保鲜膜包了，交给了外甥。两人在交接时，都避免跟对方眼神接触。这感觉相当诡异，以后是不会对任何人说起了。

这次代孕非常顺利。大概一个月后，杨迈发来消息，胚胎已经确定着床了，孕妈妈很好。随之发来的，还有一张B超照片。

这就有孩子了？赵正觉得轻松得不可思议，他这次要严格保密，除了李雪和杨迈，没第四个人知道这事，千万不能再出岔子了。

杨迈杳无音信。到第五天，玉芬也开始问了，赵正也着急得按捺不住了，拨通了高楠的电话。电话响了很久才被接起，高楠期期艾艾，说自己也不知道杨迈在哪儿，已经给杨迈的几个朋友打了电话，托他们一起去找了。赵正听她语气，分明是有所隐瞒的样子，不禁上火："高楠，你老实说，他到底在哪儿？我找他有急事。"

高楠也有点急了："舅舅，我是真的不知道，我也很着急，一直在找他，他都一周没回家了。我……我也很害怕。"

这倒听着情真意切，赵正觉得杨迈不至于为了他那十万块钱定金就人间蒸发，是不是又上哪儿赌忘了时间？真是狗改不了吃屎，刚对他有三分改观，又掉链子！这边也只能安慰玉芬，说肯定是玩儿去了，联系亲戚们都帮着找找，要她别着急。

过了一周，杨迈还没出现，赵正这下真急了。杨迈人在哪儿他倒没那么关心，关键是那个已经在代孕妈妈肚子里的孩子。杨迈说他作为中间人更安全，也没给赵正任何联系方式，他一消失，孩子咋办？他觉得还是得从高楠那儿下手，夫妻之间应该没什么秘密吧，说不定她知道。刚要打电话过去，李雪的电话便来了。

高楠来青镇了，人在赵正家。

找着杨迈了，在青煤旁边一个废弃的河沟里。他骑摩托车超速，撞到一块大石头，人飞了出去，脖子撞断了，以一个诡异的角度，脸被拧到肩膀上，半边浸在水里。发现的时候，已经断气五天了。至于他为什么会出现在这个荒无人烟的地方，还要等调查结果。

高楠失魂地呆坐在沙发上，李雪跟赵正简单说了说情况，赵正想问些什么，李雪冲他摇了摇头。他们就这么无言地坐了一个下午，高楠的眼泪静静地淌了一下午，李雪不时递上纸巾。到太阳落山，高楠想起什么，拿起电话打给父母，说暂时回不去，要他们照顾好宝宝。

李雪到厨房简单煮了点西红柿鸡蛋面，招呼高楠过去吃。高楠挪到餐桌旁，刚闻到味道，就捂着嘴冲到洗手间，剧烈呕吐起来。

赵正小声询问李雪："你说高楠知道那个代孕医生的联系方式吗？"

李雪也小声回："不好说，先别说这个了，她现在肯定还接受不了，晚点再说。"

高楠吐完之后洗了把脸，好像找回点说话的能力，她走回客厅，跟赵正和李雪说："舅舅，舅妈，你们坐下，我有话要跟你们说。"

赵正和李雪很快会庆幸自己是坐着听到她接下来这番话的。

高楠的声音是颤抖的："舅舅，舅妈，我怀了舅舅的孩子。"

这话往赵正脑袋上一劈，他眼前一黑，差点晕过去，好半天，他才理解了高楠的意思。李雪比他镇定一些，冷静了一下，理清了逻辑，先开口问高楠："所以，那个代孕妈妈是你？为什么？"

高楠无言以对。

赵正开了口，发出嘶哑走调的疑问："就为了五十万？"高楠仍不开口。

李雪已经猜到个大概，她重整出必须面对的勇气："说吧，杨迈和你怎么想的？你迟早要说的。"

高楠说一会儿，想一会儿，赵正两人七拼八凑，终于把事情全貌拼了个大概。杨迈前前后后欠了不止两百万赌债，杨力也跟丁文那帮人借了钱，然后跑了，欠账一并算在杨迈头上，利滚利之后欠债高得惊人。高楠觉得杨迈死前肯定是被那帮人追着讨债，所以才骑那么快。这几天他们暂时消停了，但高楠认为，他们不可能放弃这笔钱，很快就会讨到她头上。

杨迈根本没有做代孕的同学，他就是带高楠正常去医院做了个试管。他打听了个仔细，知道医院允许男方在酒店取精，就钻了这个空子。

赵正内心暗啐，心眼儿全用这些事上了。

“他……他知道舅舅想要孩子，所以他……”

“他就用这事威胁我，想要我帮他还债，对吗？你说你把自己当什么?! ”

高楠的眼泪涌出来，她以为当日同意此事的屈辱就是最痛苦的部分，没想到要独自面临彻底的失控。她来这一趟，当然也有自己的打算，杨迈那些债，她无论如何都还不完的。将来，自己的父母和女儿怎么办？

“那……现在孩子马上三个月了，你怎么想？”李雪轻声问。

“我……我不知道……如果舅舅舅妈希望我打掉，我也可以理解……”

高楠和李雪的视线都转向赵正。来了，他做过的最难的选择题。

要还是不要？

如果被别人知道呢？

如果将来孩子长大了，自己知道了呢？

要了之后，手上所剩无几的钱，又要被杨迈的债祸祸走大半。以后怎么办呢？

这个三个月大的小生命的身世太过骇人，以至杨迈的死在它面前都没那么可怖了。

六

留给赵正思考的时间并不充裕。

玉芬宫颈癌晚期阴道出血的症状越来越重，原本她在儿子面前遮遮掩掩，只是用频繁替换卫生巾来解决。但很快，连两三小时换一次卫生巾，也没法掩盖浓烈得止不住的血和血腥气。得知杨迈死讯的第二天，赵正候在病房外，看护士一批批往外扔止血纱布，血色极刺目，玉芬的生命力也随之流逝。自从赵正因为代孕进过派出所后，玉芬再也没有对他提起孩子的事。

高楠腹中的孩子日渐长大，赵正和李雪在所有避开旁人的时间，都在讨论那孩子的去向。他们小声而狂热地列举着各种可能性和可能的后果。赵正决心在孩子四个月前一定做决定，如果要，就先给高楠做个羊水穿刺的DNA检测，确定那是自己的孩子。如果不要，至少那时候流产，对高楠的身体损害还没那么大。

杨迈连日不来，玉芬问了几回，赵正搪塞一番，玉芬明显不信，她问赵正，杨迈是否又赌出了娄子，赵正也就顺水推舟让她这么认为。玉芬知道赵正已经帮杨迈还过一次赌债，已是不能再开口，气得不知说什么好，赵正忙让她放宽心，说自己会尽力帮忙。

但千般万般隐瞒，这次居然又坏在小慧那张嘴上。老赵难得来看次玉芬，还带着小慧，赵正眼不见心不烦地躲出去一会儿，回来时老赵已经带小慧走了，玉芬脸色灰败，用仅剩的一点精神死盯着他："迈迈没了，是不是？"

赵正看玉芬的眼神，就知道，她已经都知道了。他不语。玉芬甚至都不再有太多泪了，她只是喃喃道："怎么不让我代替梅梅和迈迈走啊？怎么不让我替他们走啊？"

赵正知道玉芬是认真的。他还无法体会玉芬这种以命相抵的舐犊之情，假如高楠腹中的那个孩子被生下来，他也会像玉芬这样吗？还是他是另一个老赵，除了自己，谁都是别人，谁也不能真正牵动他半分？

得知杨迈死讯后，玉芬眼见着不行了，外孙的死给了她最后一击，这个勤劳如牛的母亲，终于要离开这个让她太累的世界。她渴望添个孙子，离开前却连外孙都失去了。

老赵来了，李雪来了，高楠也来了。几人守在玉芬床前，都心知这是最后一面。前尘往事涌上几人心头，连老赵都禁不住动容了。

玉芬一直睁眼望着赵正，对儿子，她还有太多不放心，她的呼吸早已失去了节奏，喉间发出喀啦喀啦的声音。她努力呼吸着、呼吸着，一阵阵握紧儿子的手。旁边的心电监护仪发出哀鸣。

赵正心脏乱蹦，简直想闭上眼从此时此地逃脱。他强忍着颤抖趴过去，在母亲耳边说："妈，高楠怀孕了，是儿子。杨迈还留了一个骨肉在这世上，等高楠生了，就过继给我，我会好好养这孩子的。"玉芬合上了双眼。

赵正将玉芬的葬礼做得极尽奢靡。

他在埋葬玉芬的小山包上搭了灵堂，外面插着彩色的幡，花圈尺寸巨大。玉芬生前舍不得享受的，来不及享受的，都制作了精美的纸扎一起焚烧。小汽车、电脑、衣服、金银财宝、金童玉女……都被投入火里。浓烟滚滚，消失在青镇本就灰白的天空中。从前赵正总觉得母亲还有很多时间，她愿意在店里忙碌也就随她去了。

老赵很悲痛，哭得快昏厥，拉着亲戚的手，诉说人人都已经烂熟的他和玉芬的艰难往事。小慧在一旁递纸巾端水杯，有人问起，老赵说这是他的徒弟，玉芬从生病到离世，没人照顾他，徒弟先顶上。他总是需要个人照应的。

赵正和李雪披麻戴孝，跪在灵堂前，赵正盯着面前的泥，耳边嘈杂。旁边搭的棚子里正在演出。唢呐声伴着的是脱衣舞娘表演，这是最近几年镇上最时兴的丧葬演出。实际的尺度没那么大，只是几个年纪也不小了的业余舞娘，随着音乐缓缓蠕动，脱到还剩三点式的程度。仔细听来，那音乐是 DJ 版的《匆匆那年》。

赵正还雇了人来哭丧，是五个身量丰腴的大妈。她们嘹亮又富有节奏的号丧声每隔一阵就会响起，仿佛跟玉芬情深似海。他没怎么落泪，蒙蒙的，思绪总是飞到很远的从前，回到读书时，他下课回去，玉芬总在厨房，一见他就热腾腾地迎出来。老赵总不在家，玉芬、赵梅和他，三个人吃饭总是很开心的。现在就剩他一个人了。

高楠也来了，众人知道她怀孕，让她不要一直跪着。有人给她搬了椅子坐在一旁，她一直在无声地哭。赵正尽量避免看到她，她已经有点显怀了，肚子隆起，颇为刺眼。她身负他的血脉，他有必须偿还的债和一个必须守住的秘密。

下葬前，有人来询问赵正，要不要再最后开棺看一眼，他拒绝了。老赵看了，扶着棺痛哭失声。

悲伤的老赵连着一礼拜都没开店门，有几伙喜欢一大早在店里吃羊肠汤，顺便喝二两的老伙计隔两天就聚在门口，讨论一会儿，就到隔壁吃豆腐脑了。

赵正也不知道店没开，最近一直忙着处理玉芬的丧事，结束后又带高楠去北京做了检查，回来又去盘了一下杨迈欠的钱。他是有些担心李雪对于还债的态度，没想到她毫无反对之意。自李雪从上海回来后，两人都没再提过离婚的事。李雪既然已经决定和自己共同面对，应该就不会反悔。

丁家大儿子是老赵店里常客，赵正去跟他商量还债时生生换了副嘴脸。那小子似乎香港黑帮片看多了，开了辆凯迪拉克，带了几个瘦猴一样的无业青年，叼着烟撑出点老大的样子。他放贷的本金是镇上修高速公路时的补偿款，几个月前他老子死了之后，就都由他继承了，据说半点没给弟弟妹妹留。他把杨迈的借钱记录给赵正看了一眼，还好，没有到天文数字。

钱还清了，宝宝也很健康，一通忙活下来，赵正想起来得去看看自己的爹。

已值初夏，那个冬天挂上的厚门帘却还没拆，赵正过去掀开，大门紧锁，他猫着从玻璃门上往里看了看，里头没人。别是老赵身体不舒服吧，他有点担心，虽不是很情愿，还是准备去家里看一趟。

家里也没人。奇怪了，赵正想不出老赵还能去哪里，正准备给他打电话，听着点动静，老赵和小慧有说有笑回来了，老赵的手正搭在小慧肩上。赵正没再多话，转身就走。

儿子年过四十，始终太幼稚。

“他妈把他宠坏了。”老赵搂着小慧，这么对她说，赵正让他有点丢面子，那天在门口遇过后，电话都不接了。他也不怎么想搭理赵正。但这次没办法，他需要联系赵正。小慧怀孕了。

前两天小慧突然说不舒服，早上抓了个盒子进了洗手间，半晌，出来羞羞答答地跟老赵说，自己有了。

“有什么了？”老赵难以置信。

“孩子啊，还能有什么？”小慧抿嘴乐。

老赵当即心如鼓擂，太阳穴都突突直跳。自己居然有这样的生命力，在如今这个年纪，让一个女人怀孕！小慧真是块好地，他脑中冒出这个想法。不像李雪，他一直觉得这个儿媳妇瘦骨嶙峋，阴气森森，难怪生不出！搞得赵正只能过继一个外姓孩子。狂喜过后，是纷至沓来的各色念头，这孩子这么小，等自己八十了，也才十岁。还好还好，有赵正这个好哥哥，不缺钱，赵家有后了，赵家有后了！春天是要来了啊！得先领个结婚证，再摆几桌！

但老赵还不能确定赵正的想法，他决定先享受享受这份高兴，请老哥们儿喝几顿酒，店就暂停营业一周吧，这么多年了也没歇过，老赵近来感觉身体跟不上，顺势休息几天。最重要的，他得跟赵正把那事提上日程了。

可惜赵正封锁了沟通渠道，老赵心一横，暂时抛了面子，主动上门。

老赵按响门铃时，赵正正在网上搜索将来高楠生了孩子后收养的流程，他一开始专心做事就忘记时间，李雪和高楠一起出门给宝宝买东西了，他以为李雪忘记带钥匙，说着“回来啦”打开门，居然看到老赵。

老赵戴着帽子，遮住了白发，因此看起来与赵正很相像，赵正看着这张和自己一个模子刻出来的脸，也讲不出什么难听的话，默默把他让进屋。

老赵走进来刚换了鞋，站在旁边的赵正肚子发出好大一声咕噜，他中午没有吃饭。老赵被这动静逗笑了：“饿了？爸给你下碗面。”赵正刚要拒绝，又咽了回去：“好。”

冰箱里还有些青菜鸡蛋，老赵是做饭专家，七八分钟面就起了锅，拿大海碗装了满满一碗上了桌。

“好了，来吃吧。”老赵招呼赵正。

赵正嗯了一声，坐下来呼呼啦啦吃了大半碗，他是真饿了，吃了个半饱，才想起来问：“爸，你咋来了？”

老赵正慈爱地看着赵正吃面，这问题好像一下将他惊醒，他从短暂温情里拔出了思绪，一下子不知怎么切入正题：“哦，也没什么事……”赵正不大信，又追问两句，老赵心一横：“其实是有件事。”

赵正更不信：“什么事？”

“我想——把老屋翻新一下。”

赵家是独栋的两层小楼，十来年前赵正刚挣到钱不久帮着家里盖的，要说确实也有些年头了，赵正也动过翻新的心思，只是老赵和玉芬之前总是在忙，也就搁下了，没想到老赵突然提起。赵正心思一动，明白了过来，冷笑一下：“怎么，谁给你出的好主意？”

老赵心头火起，跟儿子要钱的羞耻感变成恼火，他手上本来有二十来万，要翻新，但凡弄好点，都有点勉强，他本来也没这个心。但架不住小慧天天温言软语，说自己没有家，老赵给了她一个家，她想好好守着，更想那是个新家，现在有了孩子，都要崭新的才好。他想留着小慧，在最后一段人生里享受新鲜的生命力。

既然开了口，他也就豁出去了："我和你妈跟你要过一分钱吗？你自己日子过得一塌糊涂，每天家里给你做饭的人都没有，你有没有点打算？翻新一下，等我死了你住过来！你们那房子离镇子还那么远，老了你也天天开车吗？"

他还好意思提到玉芬。玉芬还没变成一把白骨呢，老赵就惦记着住新房，讨好新媳妇儿了。

"没钱，我要养孩子。"赵正索性搬出这个理由。

老赵一听，觉得这是个突破口："你打算帮迈迈养孩子这事，是好事，但他怎么说，都不姓赵，不是我们的血脉……"

"然后呢？"

"小慧有了，是我的。"

赵正觉得也真神了，近来怎么每次听到有人怀孕，都只感觉五雷轰顶。刚吃下去的熨帖汤面突然开始烧心，一个劲儿往上冲。赵正真想扇刚才的自己两巴掌，他忍耐着问："是吗，几个月了？"

老赵自知理亏："……两三个月吧，也还不确定。"

这言语间的犹疑没啥作用，反而令赵正更加嫌恶："有区别吗？"

老赵刚巴巴地给赵正做了饭，现在被他这么一质问，也上火了："你阴阳怪气什么？"

赵正拍桌子："你心虚什么？"

"你怎么跟老子说话？翅膀硬了是吧？"

连吵架都是这些陈词滥调……赵正不想跟老赵再多说："你过你的，我过我的，你不用告诉我这个事，你想怎么样就怎么样。"

老赵本想直接走人，想想今天还没说正事，吞了口气，准备动之以情："好歹我是你爹，你现在是有出息了，之前我们养你们多辛苦……"

赵正最烦这种话，仿佛用一句生养之恩就能磨灭自己的一切努力，这争吵极没有意义，但他背后是玉芬，老赵背后是小慧，他不愿落下风："我妈是很辛苦，她走了才几天？你之前那些事不要以为我不知道！那个小慧三番五次故意跟我妈说会气她的事，安的什么心？你要能确定那是你的孩子，你自己养。"

小慧肚子里的孩子血统被亲儿子质疑，堪比胯下之辱了，老赵总归是个硬汉，不可能再忍，走了。一场架吵出了新信息，赵正跌坐在椅子上，求子求子，求不得时辗转反侧，现在玉芬走了，又求到了，一来来两个，老赵家真不是绝后的命啊！

高楠的胎儿很健康，B超照片上的胚胎渐渐有了小手小脚，李雪一改往日冷情，把高楠照顾得非常妥帖。在她的提议下，赵正给高楠定了北京私立医院的生育加月子套餐，这来回奔波十分不便，没多久，李雪又提议搬回北京。

这安排顺水推舟。老赵那个来历不明的孩子，赵正是打心眼儿里不想管，但老赵都七十了，被这么敲骨吸髓，阳寿都要短几年。赵正又把手上的钱捋了捋，打算给老赵贴补点，他们如果愿意，可以住到赵正在青镇的房子里，反正下次赵正再回来长住，都不知道什么时候了。玉芬不在了，家就没了。给钱已是仁至义尽。走了再说，他不想再联系老赵，也不想看见那张脸。

搬离青镇没有从北京搬回来时那么艰难，回来的这两年，东西没有添置多少。北京的房子还在出租中，李雪打算等收回了再好好收拾一下，索性先租一套离医院近的，方便照顾高楠。东西装了几卡车，赵正与李雪一起最后驻足看了看这座房子。

青镇离北京，车程短短三小时，回来这小两年，对两人来说如同抽筋剥皮，人还是那两个人，却已不再是那两个人了。赵正揽住李雪的肩："走吧。"李雪点头。

接到小慧电话的那个午后，赵正刚和李雪一起把高楠送进产房。医生和助产士对这对既不像父母，也不像哥哥姐姐的陪产阵容感到十分诧异，但私立医院的工作人员严守工作专业度，尽量没有表现出丝毫疑惑。

小慧在电话里抽抽噎噎，讲得支离破碎，但赵正好歹听清了，是老赵中风了。

“我让他不要喝那么多酒，他说太高兴了……”小慧似乎想要表明自己已经尽到了劝谏义务，来来回回就这么两句，赵正喝出一声尽量压制的怒吼：“闭嘴！”他为坦然地迎接这个婴儿，所准备的种种心理建设，被迫坍塌。“我们明天回去。”说完，他就挂了电话。老赵已经被送医院了，自己也帮不上什么忙，没必要当天赶回。李雪也听了个大概，她想，老赵还要活多久呢？如果他死在玉芬前，那该多好。

高楠生产很顺利，大半天后，婴儿被推到赵正和李雪面前。那是一个小小的红扑扑的生命体，因为浑身被包住了，只是皱着张脸，还没睁开眼睛。由于不是很确定赵正两人的身份，护士只说：“恭喜两位啊！”

赵正挤出一个介于哭笑间的表情，这小婴儿突然将眼睛睁开一条缝，偷偷看了眼他，这表情非常狡黠，有点像杨迈，又有点像老赵。他们都想从他身上获得些什么。

青镇从此再没有老赵羊肠汤了，这是老赵后来总被人念叨的最大原因。人人都说，老赵性子刚猛，刚好跟羊肠这味强烈的食材相合，才能侍弄出这一口令人念念不忘、膻香四溢的吃食。可惜没了传人啊。

几个月后，小慧也生了，是个女儿。坐完月子，她就离开了，当时介绍她来打工的老李家也不知道她的去向。他们认为应该对小慧与老赵这桩韵事承担连带责任，显得很羞愧。赵正和李雪把孩子带回了北京，赵正一度想要给两个孩子做个 DNA 检测，李雪阻止了他。

赵家终于在这一代拥有了足量的后代，至于下一代，谁知道呢。

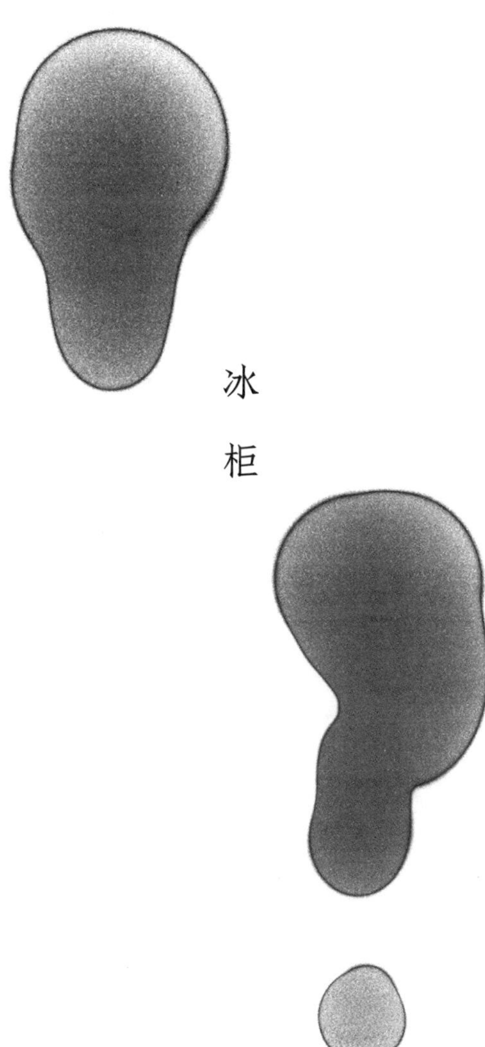

冰柜

一

一块、两块、三块……

郑岚把冰柜里的羊拿出来，这是一整只被分解剐开的羊，每块都用保鲜膜完美包好，按部位分门别类。鲜红的肌肉间点缀了一些雪白的脂肪层，漂亮，咀嚼感受将是七分嫩、三分韧，这是只精心挑选过的羊。

绿城盛产羊肉，居民从小吃到大，个个都是吃羊的行家。其中，又以青镇的羊最为鲜美。这只羊一定是李恒峰去青镇时专门买的，或许就是两个月前预订的。她相信自己的判断一定准确，从前，她没有把点连成线的自觉，但近来，她越来越有做侦探的天赋了。

这只羊没有占据冰柜的多大位置，去掉内脏、头和蹄子，大概就是四条腿和两大扇排骨。郑岚找了几个大塑料袋，分装起来，好羊不能浪费，她上次只用了一点点，剩下的这些，她打算给亲戚们送去，顺便都见见面。

掏空的冰柜散发寒气，像个雪洞，郑岚回身朝书房望去，李恒峰静静躺在地上。

两个月前，你抱着什么样的心情去买了这只羊？

二

当然是兴奋。兴奋得打哆嗦，就像刚撒完一泡痛快的尿，抑制不住地从头顶到脚底狠狠抖了一下。李恒峰站在青镇政府门口，仰头看阳光，他没像以前那样回避太阳，而是任由它刺进眼底，逼出他的泪光。

他刚签下一个价值两百万人民币的名字，签了字，就等着钱到账了。他常年不在青镇生活，但户口一直留在这里，母亲住过的祖屋也还留着。

谢谢你，妈，走了还保佑着儿子，现在房子要拆了，咱们能拿到的赔偿，比你这辈子见过的所有钱加起来都多。

李恒峰这次回来，拖了一只行李箱，他抹了一把脸，拉着箱子往曾经的家的方向走去。他已经很久没回来了。

这栋位于青镇边缘的二层小楼是婚前郑岚的父母出钱盖的，不算很大，但清爽干净。只是采光算不上很好，一进去灰蒙蒙的，因为常年没人，家具上都盖着旧报纸。现在早不是读报的时代，但李恒峰在县图书馆工作，最不缺的就是这个。

他在这房子里没住过几天，对这里毫无对家的感知，楼上楼下走了一遭，觉得样样东西都无用，只在母亲卧室里找了两本老相册扔进了行李箱，又去母亲留给他的书房，仔细扫了一遍书架上的书。都是少年时看过的老书了，《少年维特的烦恼》《狱中记》《假面的自白》，他看来看去，只选了这三本扔进箱子。

这就行了，没什么可再留恋的。李恒峰把行李箱在满是灰的地板上打开摊着，自己则擦干净一把凳子，在客厅中央坐了坐。旁边有蜘蛛轻而迅速地爬过，它早把这儿当作自己的家了。李恒峰没管它。即便不弄死它，它也很快就会和这栋房子一样变成垃圾。

没价值的东西，迟早都会变成垃圾。

半小时后，李恒峰从沉思中跃起，手脚麻利地关上行李箱。陈沉要回来了，在电话里说自己想吃羊，他得去镇上最好的那家店先订一只。

两个月前的郑岚和那只蜘蛛一样，轻松自在。她打开手机银行，又看了一遍。现在的余额已经很可观了，很快就能再加上拆迁补偿的一百万。

从二十年前，她生完双胞胎儿子李曦和李晓，被从产房推出来的那天，她的人生主题就成为“积累”。

对这个在县城中靠工资度日的家庭来说，养两个儿子并非易事，再加上总有一些生活本身之外的开销，还要父母经常帮衬着，日子才维持得不错。郑守正和吴文清的样子浮现在郑岚眼前，她有一对无懈可击的父母，他们现在也都离开了……

郑岚感觉自己的神经因为交杂的情绪而有点过于活跃，急忙定了定心神。癫痫不宜放纵情绪，她一直严格管束自己。虽然这种管束类似父母驯服一个暴烈的青春期孩子，收效甚微。她的意识从头到脚扫视了一遍自己的神经，还好，能稳住，现在服用的药一直效果不错。

中国有900多万人患有癫痫，郑岚在网上查过，不过她在生活中从未遇到过同类，可能没人想让别人知道自己有这种俗名羊癫疯的疾病。大部分人都认为这种病发作时会倒地抽搐、口吐白沫、眼睛上翻，好像被鬼附身，不洁、不祥。

比起附身，郑岚觉得每次癫痫发作，更像一场小死。

她没看过自己发作时的样子，小发作时，只是会在生活中出现片刻失神，突然愣怔，听不懂别人说的话，倒是很容易搪塞过去。大发作时，她会短暂从这世上消失，然后在清醒后，发现自己因为失禁而裤子濡湿，唇边有黏稠的白沫。

大发作是会有一点预感的，视线突然模糊，眼前出现眩光。她年轻时去过一次歌舞厅，踏进门时被嘣咚嘣咚的音乐撼动心脏，又看到闪烁的灯球，差点以为自己要当众出丑，结果发现，原来很多人会在某些时刻，追寻这种自己深深恐惧的感觉。

中午十二点了，李恒峰大概快回来了，开车从青镇回来，只需半个多小时，郑岚今天中午特地从单位早退了一阵子，准备开始做饭。

自从父母离世，李曦去北京上大学，李晓也去了北京工作，家里就只有她和李恒峰两个人吃饭。她习惯吃得清淡简单，李恒峰对吃饭更是兴趣缺缺，随便做些即可。不过今天是特殊的日子，她买了条鱼，年年有余，现在是真的有余了。要是爸妈还在，李曦和李晓也能回来团聚就好了。

郑岚的烹饪技术相当一般，一条河鲈鱼都能蒸得腥且稀碎。她一打开锅盖就觉不妙，讷讷地端上桌："好像味道不怎么好……想说该做条鱼，取个好彩头。"

李恒峰浑不在意，他本来就不爱吃喝："没事，没事，是该庆祝一下，年年有余。"

郑岚感觉李恒峰兴致确实比平时高了很多，他给自己倒了一盅酒。李恒峰问郑岚："你，以水代酒？"郑岚急忙点头，疾步走去厨房给自己倒了一杯温水。

李恒峰举起杯子："来，干杯，庆祝一下！"说罢一饮而尽。

郑岚啜了一口水："恒峰，这钱……要不，分开两张卡，各五十万，给儿子们存着？"

"好啊。"

"还有……要不先不跟他们说这事，等他们将来娶媳妇儿再说，这一时半会儿的，他们也用不上这么多钱。我们先帮他们攒着。他们还年轻，万一知道家里有这么大笔钱，就没动力奋斗了……"

"嗯，有道理。"李恒峰看着郑岚点头，在长年累月的相处中，李恒峰早练就了一种看到郑岚的脸，眼神就自动不聚焦的绝活儿，他也看不见此时的自己，故而不知道那样会显得痴傻。

郑岚感觉今天的李恒峰分外温柔，她有点重温到了多年前那种温情脉脉的感觉，她将他那种放空的眼神理解为纯真。

饭吃完了，李恒峰把碗推开，郑岚开始收拾。午饭后，他例行会在书房休息。他没什么其他爱好，只是喜欢看书。

在绿城这样普通的县城，这个爱好格格不入，幸好他在图书馆工作，也解释得通。

李恒峰的书房朝北，一天中能晒到太阳的时间很少，他特地在家里选了这个房间做书房，“这样书不容易晒坏”，他当时这么跟岳父母解释。书房有三面书墙，书脊朝内插着，薄厚不一，看不出每本书是什么。“有些书太花哨，花花绿绿的看着心烦”——他这样解释这种特殊的陈列方式。露出的书页边角被晒黄，让书房变成遮天蔽日的昏黄色。

在单位，他跟书打交道，打了二十几年，终于熬成了县图书馆副馆长，在家里，还是跟书打交道。稍微熟悉的人，都直夸他是绝种好男人，不抽烟不喝酒不好色，只是看看书。

书房中间摆了书桌椅子，还另有一把很大的躺椅，方便李恒峰在这里睡长长的午觉，或者直接在这里过夜，就像他日常所做的那样。

郑岚和两个儿子鲜少进来，李曦从小淘气，被下了禁令，李晓几乎半瞎，只在客厅和卧室活动。郑岚则对李恒峰无有不依，他嘱咐了少进书房，郑岚就在执行上自我加码，干脆从来不进，李恒峰得以在四个人的家里拥有了独属自己的空间。

他照例把茶杯放在躺椅旁边的小边几上，从老家拿回来的三本书也搁在那儿，他拿起一本随意翻阅，忽然发现其中夹着一张变黄的字条。他的心脏跟随回忆荡了荡，这是高中时某堂课上，陈沉传过来的，他的字迹粗糙潦草，擦过李恒峰的心：

下课打球去啊！

打球对李恒峰来说不是什么愉快记忆，他个子不高，生生比陈沉矮了两头，上了球场，比大部分人都矮，班上的男生不爱带他玩儿，基本上都是人不够时被拉去充数的。好在他很坚忍，不管被胳膊肘打到脸，还是摔得膝盖乌青，都能接着爬起来继续。每到这时，陈沉都会在经过时胡撸一把他的后脑勺："行啊小子！"

陈沉……陈沉当然打得非常好。李恒峰和陈沉从初中开始就是同学，初二暑假结束返校时，陈沉突然从一米六蹿到一米七多，配备了喉结、肱二头肌和奔涌的毛发，说话声音低了几个八度。李恒峰因此大骇，以陈沉为代表的几名男同学跨入了他所未知的世界，他还像个软趴趴的小姑娘。

这种惊骇时常折磨他，李恒峰整日偷偷注视陈沉，观察他的一举一动，在无人时学着他在小解后潇洒地胡乱甩甩就兜上裤子，或是在夏天嗅闻自己腋下，希望也能散发像陈沉一样喷薄的汗味。

有一天，陈沉突然在打球后勒住李恒峰脖子：“嘿！每天上课时瞅啥呢？”

他脑子一嗡，脸红涨起来，陈沉狡黠一笑：“看上我同桌了吧，要不我给你牵牵线？”

李恒峰这才想起陈沉的同桌是班花，于是他默认了这个说法，至少这说明陈沉没看上那位班花同桌。随后，他发现课间陈沉对着自己指点，而班花半娇羞半愠怒地用书捶打陈沉的肩膀。他自然知道自己变成两人游戏中的一颗球，他们将这颗球掷来掷去，互相泼洒年轻的荷尔蒙。

为了不做那颗球，李恒峰不再主动寻求打球的邀约，他埋首于书的世界，他可以在那个世界安静地思考，成为一个雄健的男人。

在书的世界里待了太久，学生时代的李恒峰不用多想，就能做出一篇工整好文章，他也爱文学，上大专时选的却是会计。他恨透了捉襟见肘的日子，爱没什么重要的，吃饭要紧，他当时想得很简单，会计离钱近，只是后来，他发现靠数钱发不了财，每天摸着钱，反而愈发饥渴。

书柜最高层的中间靠左，有一本看起来与其他书无异的日记本。那一排都是日记本，同样朝里插着，密密匝匝。他靠写日记来摩挲自己的内心，倾泻所有热烈，再给自己画上一张面对别人时平淡温和的脸，这举动有些危险，但他这辈子的大部分选择已经太安全了。

李恒峰踩着凳子够下来，同样的动作，他几乎每天都重复一次。今天心情跌宕，他需要好好记一下，下午就不去单位了，他请了一整天的假。

写完日记，李恒峰闭目养神了一会儿，微信传来提示，他闭着眼摸到手机，懒洋洋地点开，是大儿子李曦的微信，问他去青镇签字的事。

两个儿子虽为双胞胎，但李恒峰只把李曦当作接班人。李曦像自己，没那么软弱，目标明确，杀伐果决。

他中午吃饭时虽然答应郑岚不告诉两个儿子钱的事，但早就私下跟李曦说过。他也不是贸然这么干的，李曦学的是金融专业，比起自己，自然是更加会摆弄钱。

钱放着不算钱，钱得生钱。

李恒峰相信，经过他多年的博览群书，世界规律已尽在掌握。李曦必然可以沿着自己铺好的正确道路跃升，迈向更大的成功。因为儿子是站在巨人的肩膀上成长的，如果李曦将来成功了，那他至少有百分之七十的功劳。就像拧瓶盖儿，他已使出了全力，李曦只要轻轻一拧，就能打开新世界的大门。

李曦此刻大汗淋漓，等着父亲的回音，他刚结束健身。刚才深蹲练得太狠，坐下来之后，大腿还在发抖。他随了李恒峰的身高，从小天天喝牛奶，也才长到一米七，骨头不能打断接长，于是他决心用肌肉让自己显得更威猛。进大学之后，李曦每天雷打不动健身一小时，除此之外，他不参与任何社交活动，一门心思学习，以及赚钱。

最近有几只基金走势不错，宿舍其他同学在深夜讨论班上的女生和游戏副本时，李曦都在认真做相关功课。李恒峰回了微信，他答应李曦，钱一到账，就给李曦转来二十万。

李曦佯装没有为这个数额感到激动，要做大事，必须喜怒不形于色，炫耀没意义，他信奉的是闷声发大财。要来就来个大的，等到大四，他要存够在北京买房的首付钱，再骄傲地告诉所有人："我是靠自己，没有用家里一分钱。"

想到这里，他还是没忍住，在无人的宿舍里流露出一点笑意，擦了一把汗，李曦把桌上的书和水杯都塞进书包，没忘记拉开抽屉，找出一把水果刀，他有个小副业。

那个大四的女孩在看到李曦时，显得很轻蔑，虽然李曦脑海中的自己已经肌肉发达，但看起来还是个背着双肩包的戴眼镜的瘦小男生。她就快毕业了，准备使用"拖"字大法，把这笔校园贷糊弄到离开学校那天，到时候换个手机号码，没人找得到她。她内心偷偷把这些被雇来帮忙要债的学生叫作“走狗”，之前的狗都被她打发走了，今天也不例外。

她脸上表情一转，变成带着一点不耐烦的谄媚：“学弟，这么严肃干吗啊？你看我欠的也不多，就通融一下呗。”

李曦翻了个白眼，这女的从电视剧里都学的什么卖骚台词，好恶心：“少废话，赶紧还。”

她的手攀上他的肩膀，膝盖弯了弯，试图让自己显得弱小无助一些：“我不是不还，是真没有，不信你自己找找。”

糊弄谁呢！李曦不耐烦起来，他还要赶去图书馆完成今天的功课，不想陪这种老油条演戏，手伸进兜里掏出水果刀，他认认真真把盖子拔下来，亮出刀刃：“明天把钱还了。明天不还，把你的衣服划烂，拍裸照放网上。后天不还，就把你的脸划烂。大后天不还，你身上还有很多地方可以划。你可以去报警，也可以去学校告状，我可以陪你拖着，不想毕业就尽管去。还有，不知道你注意到没有，这里没有摄像头。”对面的人已经呆住了。

李曦语气很平和，他对她没有什么仇恨，也谈不上愤怒，只是想完成自己该做的，他想了想，又在她的名牌包上划了一道长长的口子以示手法，然后离开了。

该怎么保存一整只羊？

李恒峰坐在办公桌前点开搜索引擎。肉铺老板给他打电话，说下周就可以去取羊了，他当时刚签完字，脑袋发昏，没想到保存问题。陈沉要再过一周才能回来，但老板说这是最好的一只。

公羊矫健有力，不肥腻，但柴；母羊柔软滑腻，脂肪又太多。最好的是羯羊，在公羊还是小羊羔的时候把握好时间进行阉割，留下的鞭子越细肉越香。这只待宰的羯羊刚长到四岁，已经准备好以最佳状态上餐桌。下次再有这么好的，就不一定是啥时候了。

陈沉已经有两年多没回绿城了，李恒峰想好好招待他，机不可失。他想好了，阳台上还有地方，买个冰柜来。

现在的陈沉，如果看到这些死气沉沉的太监羊，恐怕还有点感同身受。过了四十岁后，虽没有一蹶不振，但比之当年，还是差了老大一截。

他还保留着年轻时爱骑摩托车的习惯，这种交通工具，真正的燃料不是汽油，而是荷尔蒙，年纪上来了，车速就缓慢下来，以前擦过耳边的是风，后背还经常依着一个凹凸有致的女孩，现在车速慢了，后座上坐着的也越来越不尽如人意了，更别说他逐步心有余而力不足……前一天骑摩托吹到了风，第二天居然有点头疼。

陈沉捏着太阳穴，在交友软件上刷到一个00后的姑娘，一上来就喊："老帅哥儿！"

"×！"陈沉没好气，女友听到他骂人，停下打游戏的手，疑问的眼神瞟过来，他急忙反手捏住她肉乎乎的脸，让她嘴巴噘成金鱼状："没事，抖音看到个傻×评论，宝宝接着玩儿。"

现在这任女朋友，比陈沉小十来岁，其实也有三十了，因为家庭条件不错，没有后顾之忧，也没什么发育自身心智的动力，每天就是开开心心玩游戏、买东西。陈沉还是挺喜欢她的，比起他年轻时的女朋友，肯定不算绝色，但是想得少，容易快乐。

要不说时机重要呢，年轻时以为自己要永远当浪子，结果过了四十几，也想有个家了。他看别人的孩子鲜嫩柔软，感到一种本能的向往。

陈沉下周回绿城，就是想为了婚事做准备，女友条件虽好，自己也不能太落下风，婚房好歹是要准备一套的。

太倒霉了，同是青镇人，当年刚毕业时，费劲巴拉把户口弄到绿城，想当城里人，谁知道现在便宜了那些当年没门路的人。譬如李恒峰，真是走了狗屎大运，房子修在镇边上，刚刚好是新修的高速公路经过的地方，据他所知，这得赔好大一笔钱。老同学得了这么大便宜，不薅点都说不过去。

等陈沉定好回绿城的时间，李恒峰的冰柜刚送到家。他特地去电器城选了一台风冷的，不会结霜，不然肉上都是冰，要影响口感的。就是要得急，没合适尺寸，稍微大了点。他很少买东西回家，郑岚简单问了一句，他含混不清地解释说想过年时存放肉类用，就不想再答，她就没再过问。

郑岚当然不是毫无好奇心的活死人，但这些琐事无须计较，她早已想明白如何获得幸福。你总要容忍另一半有一些小毛病，就像李恒峰当年容忍了她的毛病。

大专上到三年级，郑岚注意到了比她小一级的李恒峰。她想不注意都没办法，他简直像为她量身定做的。她在食堂打饭，他出现在同一窗口；她去图书馆借书，他也在同一个书架前面停留。几次之后，这种巧合就变成火箭发射前的倒计时。

当李恒峰垂着眼向她索要联系方式时，她突然被过速的心跳定在原地。

小发作要来了，天哪！等回过神来，郑岚知道李恒峰一定发现了自己的异样，她很羞愧，转身走开，刚出了图书馆，他就气喘吁吁地追来。他再次提出要她的联系方式，眼神坚定。

郑岚的感觉没错，李恒峰在那一瞬间下定了决心，他势在必得。她比他矮一点，苍白消瘦，因为佝偻，所以看起来比实际身高更矮，两人相貌还算般配。头两次相遇确实是巧合，但他很快注意到她看自己时那种少女的羞怯。她的父亲是县医院神经内科的主任，母亲是中学老师，一个在绿城很不错的配置。

郑岚很快恋爱了，她以为心动之后，会迎来更猛烈的情感暴动，甚至有点心存畏惧。谁知随后的相处，像在沙地滑冰，这段感情极为干涩，双方都无法令相处润滑起来。

头一两次约会，郑岚浑身汗毛都警惕地竖着，她提前给自己加了一点药量，生怕李恒峰来牵手或接吻时，自己会紧张到发作。

郑岚的担心很多余，李恒峰只是约郑岚逛公园，两人沿着公园大路一圈圈沉默地走着，中间隔着半个人的距离，每次意兴阑珊地逛完，她都很怀疑下一周他是否还会发来邀约。是自己太没吸引力了吗？毫无恋爱经验的郑岚充满惶恐，她无法质问李恒峰为何不亲近自己，这好像太放荡了。

在郑岚几乎要承受不住这种灰心，想拒绝李恒峰的约会时，他约她去看电影。她对这部电影早有耳闻，来自美国，情节大胆香艳，据说女主角半裸出演。银幕如此大，女主角的乳房大过观众席上郑岚的头颅。最终巨轮撞上冰山，为一段爱情陪葬。

比起俊秀的男主角，她更痴迷于名叫 Rose 的女主角。娇艳欲滴、顾盼生辉的 Rose，每一个毛孔都蒸腾出生命力。两人事毕大汗淋漓地搂在一起时，是 Rose 伸出手臂，将气喘吁吁的 Jack 挽进自己的怀中。

这种包容令她心醉，她久久沉浸其中，出了影院，跟着李恒峰走了很长的路，他突然停下，拉她在公园长椅坐下，然后主动向她讲述了自己的童年。

他是如此赤诚，将自己所有的缺点都和盘托出。一个不善言辞的小男孩，过早地失去了父亲，母亲只有他。当他讲述自己与母亲是如何相依为命度过最穷苦时期的时候，她也跟着落泪了。这类似小狗向人类露出肚皮，她毫无办法，只能决心收养他，以后再不让他面对窘迫，她有这个能力，或者说，郑守正和吴文清有这个能力，他们所拥有的一切就是她的。

至此，郑岚的疑问得到了自己满意的解答，她想李恒峰在爱上只是有些笨拙，他这种种表现，不是爱意，又是什么？他只是与其他男人不同，他一定是因为热衷阅读，习得了某种君子风范。在同宿舍其他女孩嗔怪自己的男友们是如何猴急时，她甚至产生了一种被尊重的优越感。

此外，平和的恋爱，最适合神经脆弱的自己。她的想象力足够丰富，不需要实际经历也可以拥有。要想象一点浪漫桥段并不难，在不能出门奔跑和大笑的小时候，她就是靠这种能力活下来的。

郑守正在得知女儿恋爱后忧心忡忡，对李恒峰进行了多方考察。除了寡母和贫困外，李恒峰身家清白，没有恋爱经历，每天只在教学楼、图书馆和宿舍间往返。看到李恒峰连续几顿在食堂只打一个素菜配馒头吃，郑守正不禁对这个年轻人生出一丝同情。

寻一个门当户对的亲家，怕是很难了，如果将女儿交给李恒峰，可能是更稳妥的选择。

郑守正就是神经内科大夫，在郑岚第一次发病后，他就给她用上了最好的药，当然，他不会留下任何医疗记录。他和妻子吴文清默契地打着配合，多年来，除了夫妻二人，没人知道郑岚的癫痫。

为了守住这个秘密，郑岚不能交亲密的朋友，很少外出，一放学就回家。小学时，她在课堂上发作过一次，但同学年纪都尚小，大部分人记忆都模糊了。一周后，郑岚就转学了，从此无人再提起，小孩子嘛，偶发癫痫也很正常。

“不能说，不可说。”这就是郑岚对自己癫痫的态度，她在青春期时也有过一点疑惑：“只是生病，为什么不能说呢？”但她很快就放弃了对自己的追问，郑守正和吴文清时时刻刻轻柔地陪伴着郑岚，她没有觉得不适，也没有反叛的动力。后来，她很少发作，但她早已习惯没有朋友的生活。

直到李恒峰向她袒露自己后，她也决心向他坦白，但她不敢擅作主张，郑家罕有地召开了家庭会议。

郑守正坚持等婚后再告诉李恒峰，僵持许久后，郑岚哭了，她前所未有地被自己是件残次品的尖锐感觉刺伤。

吴文清明白女儿的眼泪为何而流，她反对了丈夫的意见：“如果以后再知道，恒峰觉得自己被骗了，说不定对岚岚更不好。不如现在就说，我觉得恒峰是个老实孩子，我们好好安顿他妈妈，再帮他找个好工作。人心都是肉长的，他看出我们的诚意，不会因为这个事就怎么样的，岚岚现在控制得也很好。守正，你再好好想想。岚岚别急，不要太激动，和爸爸好好说。”

全家人的目的是一致的，李恒峰是一块良好的浮木。郑岚是老来女，郑守正与吴文清到四十岁才有她，夫妻二人包括郑岚自己，都不相信她有自理的能力，她是一个残破的人，需要监护。她即将毕业进入成人社会，李恒峰出现得恰到好处，郑守正与吴文清愿意倾全家之力，帮助她建立新的堡垒，郑岚在其中会十分安全。

等到郑岚对李恒峰缓慢讲出自己患有癫痫时，他已经提前从郑守正那儿听说了，他确实很震惊，这桩事不在他所计算的成本之内，他做好了入赘、做小伏低等种种打算，唯独没考虑过郑岚有病。

李恒峰不熟悉成年男性，郑守正的突然出现让他不知所措。这是一个有着方正下巴的坚毅男人，比李恒峰高出一头，垂着眼扫视了他一番，然后自我介绍说自己是郑岚的父亲。

“岚岚情况特殊，她已经很多年没发作了，但还是存在这个风险，身边需要常有人在。只要有人看着，就不会有什么危险，你不用太紧张。我是神经内科的大夫，她的情况其实很轻微。”

李恒峰注意到，郑守正在尽量避免使用“癫痫”这个词。他不是很熟悉这种传说中的疾病，但他想这或许是个机会，他能搞定郑岚，但之前没把握搞定郑守正。现在他多了一点与之抗衡的资本。他没多说话，郑守正看他沉默以对，以为他打了退堂鼓，言语间不禁矮了三分，柔声说道：“岚岚她很喜欢你，我们家条件不错，我能保证，如果一切顺利，你们毕业后的事情都不用操心。”

可以了，没想到这么容易，李恒峰压制住即将浮现的一丝微笑，凝重地对郑守正说：“我倒没有想到这些，只是有点惊讶。”

于是，已有过情绪彩排的李恒峰温柔地抚慰了内心忐忑的郑岚，告诉她无须担心，自己会像郑守正一样保护她。“生病是自己没法控制的，你又没做错什么。你还记得吗，那天电影里是怎么说的？‘享受每一天’，咱们得好好生活。”

他看到郑岚的眼泪从眼底涌出，眼睛红红的她有一丝动人，再不伸手给个拥抱，就不太礼貌了。李恒峰把郑岚圈在自己怀中，郑岚顺势挨紧了他。他犹豫了一下，低头吻住她的嘴。

女人的嘴，柔软、小巧，李恒峰咬住牙关，用自己的嘴唇挨着那双嘴唇，郑岚率先转了一下头，是了，这时候应该互相碾过对方的嘴唇，完成一个叫作吻的动作。

郑岚感觉药物忠诚地钳制住了自己的神经，她浑身颤抖，但没有失控。

两人不同程度地心跳加快，当一个人感到极度幸福，或者极度不适的时候，心跳都会加快的。

郑守正很守信用，青镇的房子很快拔地而起。李恒峰可以任意支配工作后的收入，去供奉自己的寡母，不能一起生活，但两周可以回去探亲一次。婚房早已准备好了，三室一厅，南北通透，距离郑守正夫妇的小区步行五分钟，如果小夫妻俩愿意，可以每天都去吃晚饭。

摆在刚毕业的李恒峰面前的，是两份工作：县图书馆管理员或医院财务。

想到要整日和郑守正在同一个地方工作，李恒峰就难以忍受，他选了图书馆——一个沉默寡言爱看书爱回家的好男人——他的特征就此固定下来，再没动摇过。郑岚去了医院做财务。

这个幸福的小家粉墨登场了：没有经济压力，还未开始奋斗，便有了不动产。

李恒峰没有提出过任何条件，这都是郑家心甘情愿给的。

三个月后，郑岚便怀孕了，锦上添花！

这是李恒峰倾情钻研的结果。他从厕所卫生巾的使用情况中，推测出郑岚的经期，以此确定了她的排卵期。

每逢那几天，他就认认真真地做好准备，披甲上阵，调动所有想象力，闭眼控制自己，去撬动那具柔滑的女体。和郑岚的嘴唇相似，那触感过于软黏，就像可怕的水蛭，不容分说地缠上他。

郑岚的生产过程很惊险，她的骨盆窄小，两个儿子挤在里面，谁也不肯先离开子宫，郑岚在产房里待了近二十四小时，到最后几乎发不出什么声音了。

吴文清陪在一旁，不敢哭出声音，用纸巾不断吸去脸上的泪。郑守正急得团团转，最后几乎瘫在产房外。李恒峰也陪了全程，他在履行自己的职责。

最终郑岚顺产转成剖宫产，才堪堪生出两个脸憋紫了的儿子。郑守正和吴文清冲进去围着郑岚，李恒峰站在一步外，看到郑岚的脸苍白得几乎透明，头发濡湿，就像魂魄在忘川河里洗过。他给母亲打电话通知她，她连声道好，嗫嚅着问她什么时候能来看孙子。

李恒峰让她等着，机会合适了，他会带回去给她看。母亲晕车极严重，况且，这是郑家，她来做什么。母子俩都对李恒峰实质上是入赘这事心照不宣，只是郑家网开一面，没在孩子的姓氏上纠缠。

母亲在郑家给新建的小楼里终日等待李恒峰回乡，这等待没来得及变得苦涩深长，她第二年就突发心梗去世了。就是从母亲去世后，李恒峰开始花费大量时间在书房的，后来他没那么悲伤了，但郑家三口带两个孩子绰绰有余，他没必要出去参与。他不懂怎么和那两坨没思想的肉交流，有时礼貌性逗逗孩子，在其余三人让孩子“叫爸爸”时，挤出一个欣慰的微笑。

郑守正与吴文清都已退休，他们白天到女儿的小家照顾孩子，晚上会在哄睡外孙后才回自己家。

两岁时，李曦和李晓一同发烧，郑守正和吴文清照顾到筋疲力尽，连李恒峰都从书房出来看了几眼，郑岚劝他们回家后，半夜，李曦上吐下泻，郑岚忙着处理，没注意到李晓没声音是因为几近昏迷，他又烧起来了。等送到医院，已经转成脑膜炎，醒来后，李晓就失去了大部分视力。

郑岚因此犯了一次癫痫，李曦吓坏了，他被吴文清迅速抱走了，但还依稀记得郑岚翻着白眼张嘴流涎的样子，他感觉母亲像来自地狱。长大后他最讨厌的艺术家是毕加索，那些嘴歪眼斜的抽象人像让他想起发作起来的郑岚。

因为李晓衰弱的视力，郑岚在他身上投放了绝大多数精力，郑守正与吴文清更像李曦的父母。多年来，本来就习惯常待在家里的郑岚与李晓形影不离，直到最近，李晓去了北京工作。母子俩都不太习惯突然的分别，所以每天傍晚会通个电话，这天也一样。

“喂？”

“晓晓。是妈妈。”

“妈！我刚下班，正要吃饭呢。”

郑岚听出李晓的声音很欢快，深感当时送他去北京学按摩是个好主意。做这个决定时，李恒峰没参与什么意见，他没有掩饰过自己对李晓的漠不关心。

“妈，我今天第一次给顾客做了按摩，她夸我按得很认真。”

“真棒！今天晚饭吃什么？”

“有馒头、炒白菜和尖椒肉丝，妈你呢，爸在吗？”

“我们吃了包子和粥，你爸爸在书房了。”

母子俩又絮絮说了些闲话，郑岚嘱咐李晓赶紧吃饭，明天这时候，她再打过来。

李晓挂了电话，头忍不住朝刚才接电话的那侧拱了拱，就像郑岚在身边时，他会朝她的脑袋上拱一拱，他看不清楚，所以靠气味和声音识别人。他已经习惯了半盲的状态，所有的事物从他记事起，就是模模糊糊的，他以为事物本该如此。

妈妈的味道和家里一样，但混了一点消毒水的味道，因为她在医院工作，长大点之后，哥哥总是离自己很远，但他觉得哥哥有点铁锈味儿。至于李恒峰，李晓对他的味道不是那么熟悉，对他的温度印象更深。

那是在很小的时候，总是姥姥姥爷和妈妈带着自己和哥哥。有几次正值冬天，他正和妈妈还有哥哥在家嬉闹，李恒峰从外面回来，凉凉地穿过温热的三母子，他们忍不住打了个寒战，气氛冷下来了，面对刚经历严寒的父亲，再热闹好像不道德。

挂断电话的李晓很快忘记了对母亲的思念，回味起今天的工作来。

他已经学习按摩三个月，今天第一次上工，师父带他去按一个之前的老客户。“小姑娘，好说话，万一你按得不好，也不会难为你。”

那是一个年轻的女性，有一副几乎没有什么明显肌肉的身体，极其细嫩，是隔着衣服和手巾都可以感受到的。他平日都用师父练手，当即收了点劲道。

先从背按起。脊椎将很窄的背分割开，两扇纤巧的蝴蝶骨。他用整个手掌，往外稳稳摩挲。右手握住她的后颈，揉捏中，骨节发出微小声音。斜方肌，比其他地方硬一点。疏通整副脊椎，再到腰。腰方肌比斜方肌柔软。回去肩膀，略微劳损。肱二头肌，存在感微弱。一副不事劳作的身体。

李晓看不见，所以没有去爬过山，他猜测按摩和爬山类似，人体层峦叠嶂，他感觉妙趣横生。他年轻的生命找到了可以专注的事物，从此以后，他常在梦中登山，借以倾泻多余的活力。

三

“李馆长，北京实在太近了，您太客气了，我们哪儿能这么没诚意，我们已经订好了去海南的机票和酒店……”

李恒峰打断了对方接下来的话：“我就去北京，就这么定了，如果你们不同意，那我就哪儿都不去了。”

对方一愣，被李恒峰语气里的冷意搞得莫名其妙，这位李馆长，平时可没这么清廉啊，去北京才能花几个钱……但对方还是很快转换情绪：“好好，那必须听您的，安排好了给您发信息。”

挂断电话，李恒峰长长叹出口气。

羊到了，陈沉又说不来了。四十好几了，怎么还是这么不靠谱！李恒峰有点恼火，又因为对陈沉带来的失望感很熟悉，而感受到一点亲切。他往办公椅上一倒，想缓缓刚刚去文化局开会的疲劳。

这会是为了呼应最近的某个全国大型会议，就像以往一样，主题看似深沉，实则空洞，议程冗长烦琐自不必说，新来的局长李恒峰也看不顺眼。那人有一张很像郑守正的脸，但这种厌恶也不全来自长相。怎么说呢，此人道貌岸然得太过自然，在发言时似乎很相信自己所说的。

在座的诸位谁不明白，文化局也不是全谈文化，正如图书馆虽由书填充，看起来堆的都是纸，但纸也需要用钱买。怎么买、买哪家的，需要人来决定，既然是人，就多了一些“操作空间”，李恒峰在工作后逐渐摸到门道，爱书的理由不禁又多了一条。他也不甚贪心，满足于副馆长的位子，大便宜馆长占，撒落些碎银就行，他乐得轻松。于是馆长对这个正值壮年却安心辅佐自己的副手也相当仁义，李恒峰每年出去旅游至少一轮，这期间所有花费都由各家供货商买单，不必请假。

“考察”“参观”“开会”，这几项措辞轮番使用，不用对郑岚解释那么清楚。他当然也会借机去合适的隐秘场子打打擦边球，但仅此而已，他不会做到最后一步。

自从陈沉去了北京，就鲜少回绿城。李恒峰很清楚，不是什么别的原因，仅仅因为陈沉对绿城没感情。陈沉像野兽，迁徙只为捕猎，不会在意周围风景如何，如无必要，他不会有什么多余的怀旧动作，他父母前几年已经去世，他早就忘了还有一座小城在等他。

“山不就我，我来就山。”拿到拆迁补偿款，觉得自己已经脱胎换骨的李恒峰，迫切地想跟陈沉见一面。他早已忘了那只冰柜中的羊，着手准备行李、剪头发。他想既然自己的财富急速膨胀了，那钱从兜里散发金光，必然能加持形象，令自己也金光闪闪起来。

不过，陈沉这次没回来，可不只是因为任性，他的女友怀孕了。要说陈沉这么多年，坚持得最好的事，就是随身携带安全套，他是一个很有责任感的不负责任的人。但跟此任女友已经交往两年了，他没那种箭在弦上的自觉，居然在某天忘了补货，女友说是安全期，他也就顺水推舟了。

怀孕了，要不要呢？女友表示，陈沉决定，但要在孩子四个月前决定，医生说不然就不好打胎了。她从小代谢能力惊人地强，对身体处置得很随意，知道自己怀孕了却并没断冰奶茶、麻辣烫，腹中胎儿也毫无异状。

遇上比自己还没责任感的对家，陈沉挠头，看来他前四十几年的安逸一去不返，其实他挺心软的，要直接打掉这孩子，他实在不落忍。他还在思考下一步该怎么办，李恒峰发来了微信，说要来北京出差。

肥羊一再送上门，不薅一把都有点说不过去了。李恒峰也真是怪人一个，陈沉一直不懂这人，上学的时候就不懂，他看着瘦弱，也不太爱说话，打球的时候却有点阴狠的感觉，防守的时候像块橡皮糖，好像你不把他打死，他就不会放弃。

上学时他总有意无意黏着陈沉，陈沉认为，他可能因为个儿矮，对自己有点崇拜，毕业后，还总是找机会瞎联系。

刚毕业那些年，陈沉也因为手头吃紧，跟他借过几次钱，每次李恒峰都很爽快，但都要求当面写欠条，拍照发过来也不行，必须当面写。陈沉无所谓，见一面也没多费事。

就是每次见面吃饭，李恒峰都喝多，这一喝多，就爱动手动脚，往自己身上乱扑。

陈沉洗了把脸，随便抹干，准备出门赴约。

“嘿！这儿哪！李恒峰！”陈沉在饭店里冲门口挥手。

李恒峰冲着他走过去，陈沉应该好几天没有洗头了吧，头发好像是用手随意朝后捋了捋，浓密漆黑，泛着一点油光，他这几年年纪上来了，棱角愈发分明，眼角多了几条纹路，随着微笑蜿蜒开去，一口整齐的白牙，李恒峰一直觉得，他能嚼碎这世上最坚硬的东西。他还是穿着一件很不鲜亮的 T 恤，因为肩膀宽阔，硬是把普通的大 T 恤穿出一点棱角……

“好久不见啊，最近忙啥呢？”陈沉跟人交往从不尴尬，李恒峰还没落座，他就先自在地往椅子上一窝，开口问道。

“别来无恙。”李恒峰听出自己的声音有一点窝囊，有点生自己的气，下一句突然带了点攻击性，“你呢，在哪儿高就？”话音刚落，他就在心里无声尖叫，他明明知道陈沉一直没什么正经工作……

陈沉却不尴尬：“怎么文绉绉的，哈哈哈，我就还那样呗，混一天算一天，今朝有酒今朝醉！我也来给你对句诗！咋样？”

“挺好，挺好。”李恒峰讷讷的，说话间，服务员已经开始上菜了，陈沉往桌上轻轻挥手：“我都点好了，记得你没啥忌口。”

酒过三巡，李恒峰终于找回点手脚的温度，他很少喝酒，也就每次见到陈沉才喝点，陈沉酒量很好，能长时间保持在一种微醺的状态，李恒峰已是说话含混不清了，他一个劲儿往陈沉身上凑，又主动提到青镇的拆迁补贴。

“我……我给你交个底！我连我老婆都没告诉！”李恒峰伸出一根指头，在陈沉眼前晃了晃，然后又加了一根指头。他的手自然地落在陈沉肩背交接的地方，一种微弹坚实的触感。他又把嘴凑到陈沉耳边，小声呼出几句：“我发了……发了两百万！我骗她……骗她说只有一百万！我……我厉害吧！”陈沉的味道，混合着好闻的汗味。

陈沉一笑，这哥们儿看着蔫头巴脑，还真行，也不怕老婆去打听，这还不是一打听一个准儿：“你老婆叫啥来着，郑岚……是不是？”

郑岚的名字突然从陈沉嘴里吐出，让李恒峰打了个激灵，他坐正了，握着啤酒瓶子，点了点头，陈沉又开口：“上次见她还是你们婚礼吧，一个挺腼腆的姑娘，你俩性格挺合适的，都不爱说话。不过我看她挺好的。”他很真诚，大部分女人在陈沉心中都各有优点，他爱的不是单个的人，是女人这个群体，一种大爱。

李恒峰突然感觉酒往脑袋上涌，他伸出一根手指："我要告诉你一个秘密！"

"秘密？什么呀，你其实发了三百万？瞒了老婆两百万？哈哈哈。"

"不，这不算什么秘密，你知道秘密是什么东西吗？是自己跟自己都不能说的事。"李恒峰定定地看着陈沉，他眼睛发红，前额的头发已经变油了，整个人看起来又疯狂又窝囊。

陈沉突然有点害怕，他可不想知道什么劳什子秘密。他不想为任何东西负责，包括为别人保守一个秘密。他打岔："好事坏事啊？坏事就别告诉我了，哈哈哈。"

李恒峰想了一下，应该不算好事吧，他举起酒瓶："那……那就不说了，喝酒！"

酒瓶子哐当一声撞在一起，李恒峰已经有点控制不了力度了，陈沉感觉再这么喝下去，今天就说不了什么正事了，他咽下嘴里的酒："最近，我想在京郊买套房。"

这么多年，陈沉都是有钱便挥霍，没钱怎么都能过的类型，从不置办什么产业，他突然这么一提，半醉的李恒峰很惊讶："怎么突然有这想法？"

陈沉要自己推翻自己的浪子人设，还有点羞涩："我打算结婚了。”

李恒峰忘记关上自己的嘴，酒从嘴角漏下来，在他买的新衣服上洇开一小片。陈沉看他这么惊讶，有点恼羞成怒：“干吗！我不能结婚啊，我还要生孩子了！牛 × 不！”

“牛 ×……”

“我记得你孩子都上大学了吧，当年一步到位，一生一对！我赶了个晚集，不过也算一步到位，结婚生孩子一气儿搞定。”

李恒峰对很多事都很漠然，那是因为他对大部分重要的事都做了彩排，如何反应，他已经反复演练过。陈沉提到的事，他全无心理建设，只能先给情绪踩下刹车，显得木木的。

“咋不恭喜我呢？来，喝一个。”

李恒峰急忙举起酒瓶，大口咽下，把喉间哽着的东西，连同酒液一起吞了进去，再张嘴，已经平静下来：“啥时候办啊？”

“倒是不想办了，不过刚好有个事求你。”

“你说。”

“我想买房，你要是手头宽裕，借点钱给我呗。”

独自在家的郑岚无所事事，两个儿子也都离家了，这次李恒峰外出，是许久以来郑岚第一次独处，她下班后看着空荡的家，突然无所适从。

“喂！”她突然毫无来由地在客厅喊了一声，没人回应。

“喂！喂！喂！”她转着圈，冲着三间卧室分别叫了一声，然后又为自己这没头没脑的行为羞赧，所以不好意思地笑了一声。

李恒峰的书房依然关着门，他平时不上锁，只是习惯性带上门。郑岚突然意识到从结婚开始，生孩子、带孩子，马不停蹄，她和李恒峰都没怎么认真聊过天，她有些愧疚，自己好像也有点忽视他。

但说实在的，两人婚后同恋爱时并没有什么区别，听说大部分人结婚后感情会变得平淡，但如果婚前本就平淡，是不是反而是一种隽永？

家里到处都有灰，好几个月没怎么打扫过了，郑岚随手一摸，就是一个指印。自从父母去世，郑岚的四肢就像灌了铅，总提不动。

吴文清先走了，很安详，算是寿终正寝吧。郑岚没有见母亲最后一面，郑守正担心她情绪失控，缓慢温和地对她宣告了母亲的死亡。

吴文清走后没多久，郑守正也悄悄去世了，他仿佛有所预感，提前给李恒峰打了电话，请求他帮忙操办后事，让郑岚不要直接面对情绪太激动的场面。郑岚也知道自己不能太放纵悲伤，自从李晓眼睛出问题后，她就没有再发作过，这全靠郑守正多年兢兢业业的呵护。她把眼泪咽了又咽，慢慢地，就什么都接受了，她听爸爸妈妈的话。

要不，帮李恒峰打扫一下书房吧。这是个好主意，郑岚也很长时间没读过书了，可以选一本读。现在她可以开启一段新生活，规划一下，过几年退休后，两人一起出去旅旅游，或许朝夕相处，还来得及在晚年拾回一些温情。郑岚这么胡思乱想着，推开了李恒峰书房的门。

她好久没进来过了，一瞬间有些陌生。原来这些书架这么高，书挤挤挨挨塞满了每一寸，有一些被李恒峰随意地堆在地上，看上面的灰尘厚度，也已经很长时间没动过了。还有一些带塑封的书，很高几摞，也不知道将来还会不会被拆开。最大的那座书架当年放进来时有点不稳，书架脚下塞着一小块用来垫稳的卡纸。这么多书，这么重，书架扑倒一定很危险。

茶桌上随意放着茶壶和几只茶杯，旁边那把躺椅郑岚只在买回来的时候仔细端详过，现在已经蒙上旧旧的颜色，毯子随意堆在上面，她想了一下，没有去叠起来。

郑岚手持一把鸡毛掸子仰起头，往上看通到房顶的书架，太密集的书籍让她有点头晕，李恒峰对书的热爱让她有些佩服，她深觉自己肤浅，她想过是不是自己储备不够，所以无法引起他主动交流的兴趣。

最高层太高了，郑岚搬进来一把梯子，她打算从高到低来掸灰，这样灰落到下面，能一起清理干净。

梯子落在书架前，郑岚踏上去的力度惊到了角落的蜘蛛，它织网的八条腿停滞了一秒钟，这是蜘蛛世界的大地震，它要逃命。得往高处去，越高越好，八脚并用，它快速经过郑岚，比她更快地到达书架最顶层。等她爬上梯子站直，一人一蛛就这么面面相觑。

郑岚被吓了一跳，在梯子上一抖，差点摔下去，梯子脚顶着书架，整个跟着一抖。等回过神来，她用手里的掸子轻巧地冲蜘蛛挥去。蜘蛛因为想逃命被这命运的一闷棍打死了，它飘下去落在地上，没来得及想自己为什么会死。

书房真是太脏了，都有蜘蛛了，郑岚再次确信自己打扫的必要性，她先在架子上把打过蜘蛛的掸子磕干净，眼神随即瞟到面前一小片极为干净的区域。除了这儿，其他地方都蒙着一层灰，这里被李恒峰拿日记的手反复蹭过。

郑岚把手严丝合缝地伸过去，抽出了李恒峰插进去的日记本。

好久没阅读了，郑岚的速度并不快，她到凌晨四点才看完李恒峰近一年的日记，他字迹非常娟秀，但笔画中有坚硬的折角。中文以她从未想象过的方式出现。他的日记中没有任何真名实姓，一开始仿佛阅读密码，但两人共同经历太多，只要将文字和现实生活对照，暗号极容易破解，郑岚像不小心拉到毛衣的线头，顷刻已将整件毛衣都拆成一团毛线。

在与李恒峰结婚二十几年后，郑岚终于拿到一份生活的正确答案。

四

他说自己要买房。

写下这行字之后，李恒峰的笔顿住了。

家里没人，他上午刚刚返回绿城，他在北京没见李曦或李晓，也没告诉郑岚自己的去向，他可以随时在家使用遗世独立的特权。

李恒峰没想过陈沉会结婚，谁结婚他都不会结婚的，他应该是世界上最后一个浪子，哪天因为摩托车车速过快而撞死在路边！陈沉是商店里李恒峰买不起的那件孤品，他知道自己买不起，时常去看看也好。现在他什么也做不了，既不能杀掉那个买家，也不忍心摔烂这件珍品。

原来已经到了陈沉都要结婚的年纪，他是玩儿够了要收心了，自己呢？李恒峰悲从中来，这么多年，他何曾拥有哪怕一点点自由？

郑守正是死了，他怎么能死呢?!李恒峰自愿把心里的猛兽关进笼子，钥匙交给了郑守正。但是他死了！保险杠失灵了，戒毒所发放毒品了，酒鬼被告知哪里有酒窖，而李恒峰又重新嗅闻到了石楠花的味道。

得尽快让自己平静下来，李恒峰从书桌的抽屉里拿出一罐凡士林，走进洗手间。他先仔细淋浴，将自己细致入微地前后左右都搓洗了一遍，然后把花洒的头拧下来，在水管上擦好凡士林，他仔细地撸过水管，来回涂抹。这是他情绪跌宕时的一个仪式。

李恒峰打开水龙头放水，让热水经过水管，这样它会是温热的，如果他想，可以把这视为人的体温。

他闭上眼睛，又想起陈沉向自己借钱时的眼神，怒火直冲脑门。陈沉凭什么这么理直气壮，就觉得自己会借给他?!

情绪如银蛇往他深处钻动，像要把他的心也搅得稀烂！他放任它，又突然感觉惊惶。出去！出去！

一阵失落袭来，李恒峰泪如雨下，即便家里没人，他也没有发出一丝声音。他就这样任由眼泪奔涌着，手上没停下刷水管的动作。刚刷完，手机就响了，是医院打来的，郑岚没去上班，也没请假，单位的人怕她有什么事。

这很不寻常，郑岚的作息非常规律，除了家里，她也无处可去。李恒峰闪过一个想法，“或许她自动消失了”。接下来的三个小时，他在书房喝茶。他想再等等，看看到底是什么情况，最近他运气不错，又有好运从天而降也说不定。

到晚饭时分，他决定给郑岚打个电话。电话许久没有人接，他心中烦躁，但夜幕逐渐降临，他不得不再次拨打郑岚的手机号码，尽到一个丈夫的本分。打到第三次，他的心猛地一沉，架起梯子去书架上查看自己的日记本。

似乎没有异样，日记本都好好地待在原处，没什么被翻动的痕迹。

她能去哪儿呢？犯病了？被车撞了？过马路突然犯病被车撞了？这不是不可能，最近她父母都死了，这是很大的冲击。他注意到她自己增加了药量。

本来，郑岚是要严格遵医嘱吃药的，郑守正对这个一直管得很严，他作为医生，深知对癫痫患者来说，稳定平缓地用药有多重要，任何一丝改变都有可能触发他们脆弱神经上的开关。

郑守正临终时，把给郑岚写的用药记录给了李恒峰。他处于回光返照的时期，散发着诡异的精气神儿，抑扬顿挫地对这些记录进行讲解。这个笔记本很厚，尤其在郑岚刚发病那几年，巨细靡遗地记录了每次发作的前后，郑岚吃了什么，做了什么，用了什么药。随着郑岚发作次数变少，笔记也渐渐稀落了。李恒峰忍住不耐烦，努力地听郑守正讲解注意事项。

读完这本笔记后，郑守正给了李恒峰一个联系方式，他找了自己的学生未来给郑岚提供药物，他详细介绍了这名学生是多么沉默寡言、从不泄密，只要简单发个微信，写上药物的缩写和剂量，对方就会把药寄来。他不想让女儿自己去联系买药的事，李恒峰应该是他的接班人。

郑守正握住李恒峰的手，眼神里带着恳求，李恒峰眼角挤出真诚的纹路，他不能让一个要死的人失望。新老监护人的权力在此刻交接了。

已经和郑家相处了二十年，但这种父爱仍然不为李恒峰所熟悉，他自己的爹死太早，他全无记忆。

郑守正似乎可以用全部心力为郑岚打算，实在太周全了。临终时这番交代看似掏心掏肺，却还留了一手。

李恒峰在心里冷哼，关于给郑岚买的那份受益人为双胞胎的寿险，郑守正没向自己透露半个字。老狐狸！这么一只老狐狸，怎么生出一个这么蠢的女儿！郑守正刚死没几天，郑岚就叽叽呱呱全告诉自己了。郑岚不懂，这是把命交到别人手里。人永远不能把命交给别人。

李恒峰一边这么想，一边继续拨打郑岚的电话，他有点希望永远不要有人接，几次后，她的电话关机了。

关机了，就不必再打了，李恒峰回到书房。

晚上十点半，门响了，郑岚回来了，她脖子上挂着一个硕大的佛牌。

“你去哪儿了？找你一下午了。”李恒峰应声从房里走出。

郑岚低着头换鞋：“手机没电了，我去圆山拜佛了。”

简直莫名其妙，李恒峰没好气，还搞上迷信了。人回来了，他也没什么好说的，他没有责备她的心情，焦灼往往来自关心，他管她呢。他只想她能完整洁净地悄悄消失，就像从没存在过一样。

李恒峰的微信响了，他低头查看，是陈沉发来的微信，上次李恒峰的话没说死，这两天陈沉便有一搭没一搭地找他扯闲篇儿，试探他对借钱的态度，他柔情地一叹，对郑岚说：“下次要晚回，提前打个电话。”然后陷入对这寥寥几行微信的品味中，径自走回了自己的书房。

郑岚没敢看他的背影，去厨房倒了一杯水，一口气喝完了。昨晚她整夜没睡，一大早就出门去了圆山，她是有那么点害怕李恒峰今天会回来的，她没想好如何面对，但也没有其他地方可去。没有相熟的朋友，没有亲密的亲戚，或许她能信任的只有神佛。

她去了圆山最有名的那座寺庙，在佛像前跪了很久。佛目低垂，像在看她，又像不在乎她。

有两个小沙弥淘气，从她面前嬉闹着经过，她抬起头看他们，看着看着就落泪了。有师父来赶那两个小沙弥，看她愣愣掉眼泪，问她想求什么。

她不知该求什么，最后求了一块保平安的佛牌。

希望能平平安安的，这是父母对自己最大的期待了。

深夜，郑岚醒来，吃了两片安眠药，这是郑守正的遗物，他常年失眠，吃药之后能勉强安睡。自从发现李恒峰的日记本，郑岚就不怎么睡得着了。

白天，她如常去上班，最近医院在做结算，她没睡好，昏昏沉沉怕算错账，于是又服用另一种药物提振精神。

两种药物拉扯着郑岚的精神，她瘦了一些，脸蛋没有肉支着，变干巴了，长成一个倒八字形。但眼神被药物的力量点燃，亮得瘆人。

郑守正没有把寄药学生的联系方式留给郑岚，她最初对此有点不解，但爸爸向来有他的考虑。最近药量陡增，她只能去找李恒峰，要他补一些药来。两人虽然每天共处一室，但李恒峰书房门一关，就回到他自己的世界。郑岚总是心如刀绞地想，李恒峰又在里面写些什么。

郑岚提前半个月就要李恒峰备好下半年的药物这事不太寻常，如果在平时，李恒峰不会全然没有感觉，但不巧，他自己最近多了桩烦心事。自从那次从北京回来，他就总觉得下身发痒，没两天后，起了密密麻麻的小疹子。他上班时忍不住隔一会儿就要去厕所隔间观察一下，总觉得这些疹子逐渐变多变红。

在单位他也不敢用电脑百度，用手机偷偷摸摸查了一下，感觉自己既像梅毒又像艾滋，最次也得得个尖锐湿疣。郑岚就在医院工作，他如果去绿城的医院看病，可能不到十分钟就能传进郑岚的耳朵。大意了，真的大意了。

如果是之前，李恒峰万万不会犯这种错误，在北京见过陈沉后，他情绪太过震荡，买春时有些忘形。或许该去大城市的医院看看。

真他妈烦！李恒峰可不想死郑岚前头，赔偿款带来的喜悦过去得太快了，钱趴在账户上，没什么意义，他除了外出时小小挥霍过几笔，平时过得很吝啬。他想要的东西，用钱根本买不来。

儿子们都长大了，郑守正夫妻也死了，绿城的家已经完成了它的功能。他用人生做了交易，将最宝贵的二十年光阴投入在家庭，对郑家已经仁至义尽。

他头一次在没有当面交欠条的情况下，给陈沉打了十万，“欠条下次面交”，两人这么商定。他给陈沉借钱的心理价位是最多三十万，他的感情还值得这三十万。他留了个话头，说等能周转开，可以再添一些，这样，两人应该能再多见几面。

他看着这个秘密账户的余额，好多个零。这串零应该给他更精彩的生活。

一个痛苦的模范鳏夫，无法面对妻子死亡的现实，每日触景生情，于是到另一个地方生活。

——他在心中重写他曾写过的这个剧本。哪怕是最隐秘的日记本，也不会记录这个故事。他该重新策划那场本来应该发生在拆迁补偿前的旅行。

在接受李恒峰的邀约时，郑岚全无准备，他笑意盈盈，说下个月要带她出门散散心，开车去琴岛，那是两人新婚后度蜜月的目的地。顺从是有惯性的，郑岚马上同意了。

但她接着便在深夜苦思冥想，想不通李恒峰的示好是何缘由，甚至进一步发展到怀疑自己看到的那些日记只是吃了药发梦，她没偷偷进过李恒峰的书房。莫非自己因为两人关系疏离，所以心有不甘，出现了幻觉？

两人上次一起出门旅游，就是二十多年前婚后那次蜜月。

那时候是秋天，天气越来越冷，在宾馆里，李恒峰穿着全套秋衣秋裤，一入夜就说自己白天逛累了，困不可抑，需要早点睡。

很多时候，郑岚知道李恒峰没有睡着，他睡着后的呼吸长而匀，装睡时的呼吸则是带着克制的短促。

她夜夜浑身紧绷，等待他的靠近。

第四天的凌晨，李恒峰入睡后可能做了梦，突然把头歪进郑岚颈窝，她一动不敢动。他的头发松软地探进她的睡衣，抓挠着她的皮肤，他发质很柔软。郑岚犹豫地伸出手，用手掌轻轻接触了一下他的发尾，他头皮热烘烘的。

呼吸相闻。他们的距离如此贴近。

他们在琴岛待了七天，郑岚是一件从未被打开的礼物。从此，郑岚落下了偶尔失眠的毛病。

当然，后来，她学会熟练处理自己的欲望。她的人生本就有很多无可奈何，再多一桩也并非不能消化。所以，很多事无非是有了证据，本质上没什么变化，既然没有变化，又有什么不可接受的呢？

再访琴岛的行程定在一周后。郑岚虽然请好了假，但迟迟不愿意拾掇行李，她生怕李恒峰的提议只是突发奇想，说不定，到出发那天，他早忘了这个一时兴起的提议。她叠了几件常穿的衣服放在床头柜上，如果李恒峰不提出发，那她可以当即把衣服都收进衣柜，什么都不会影响。

直到李恒峰在拿给她下一阶段的药时，递给她一小包分好的："这是这一周的药，你记得带上。"

两人一路自驾，开了三个小时到了琴岛。郑岚近日神经紧绷了太久，上车前服完药后，突然困得不能自制，在车上睡了一路。

等车开到酒店楼下，李恒峰把郑岚拍醒，她才惊异地发现，这家酒店就是他们当年蜜月旅行时住过的宾馆翻新的。李恒峰对她露出一个"是的，就是这里，感动吧"的微笑，于是郑岚五味杂陈地感动了。

李恒峰订了一间海景房，是双人标准间，两张床安然摆在房中，郑岚自动选择了其中一张。

这次也是秋天，其实秋天的琴岛很美，退去海滨城市夏天的水汽，爽朗舒服。

开车去吃饭的路上有些堵车，李恒峰来了琴岛，一改平日的沉默寡言，话变多了："车真多，有点堵啊。开得有点累，要是咱俩能换着开就省劲儿多了。对了，你想学开车吗？”

“我不太适合开车吧……”郑岚觉得他的提问莫名其妙，她甚至不敢骑自行车，过红绿灯时也很小心。如果突然发作，后果会很严重。

“你就是太小心，这都多少年没发作过了，也该过过正常人的生活了吧。”李恒峰一边打转向灯一边说。

“正常人”三个字刺痛了郑岚，她惯常讨好的微笑僵住一些，李恒峰也察觉到自己措辞不当，转到主车道后，找补道：“你看你现在保持得多好，说不定那就是小时候的毛病，现在停了药应该也不会发作了。坚持吃药就是图个心安，主要吧，也是让爸妈放心。”

李恒峰很少主动提及这些，郑守正和吴文清去世后，更是从没提过他们，现在突然这么说，让郑岚心里一动。她觉得自己确实太敏感了，没必要对他的每句话都进行阅读理解。

她赶紧接话：“那下次，你教我开车。”

李恒峰点头：“这几天有空就可以，我们以休闲为主，也没什么具体的事。”

车停在琴岛的一家老牌饭店前，又是蜜月旅行时的一站。郑岚连连受到怀旧暴击，心里又酸又暖，李恒峰连续两把使用同一招式，虽然老套，但挺有效。两人都得到了自己想要的结果，这顿饭吃得分外和谐。

饭后，李恒峰提议去咖啡店坐坐，琴岛是旅游城市，到处都是咖啡店，平时两人自然不会喝这些洋玩意儿，但良辰美景，气氛到这儿了，不浪漫一把也说不过去。

这是一家开在老洋房里的店，郑岚本来担心店里都是年轻人，自己与李恒峰格格不入，进来后发现，有不少与他们年龄相仿，甚至还大一些的客人。

那对声音不大，聊天更像在说悄悄话的中年男女，可能是中年恋人；那群欢笑连连，还在分食自带水果的，应该是老友相聚。郑岚环视一周，把目光放回咖啡店的繁复菜单上，她很少出门，有点看不懂那些奇异的名字。

李恒峰仿佛轻车熟路，给郑岚点了一杯香草拿铁，又给自己点了冰美式。

这里充满咖啡香气，咖啡机时不时发出轰鸣，每个人都光鲜靓丽，好像置身电视剧桥段啊，郑岚后悔出门时没有精心打扮，只能努力坐得更挺拔些。理论上，她不该喝咖啡这种刺激性饮料，郑守正看到的话应该要生气了。

李恒峰举杯跟她相碰，她啜饮一口，温热甜蜜。

好久没有跟李恒峰坐在一起聊天，事实上，郑岚很久不跟任何人聊天了，咖啡因挑逗着她的大脑，半杯下肚，她觉得自己妙语连珠，逗得李恒峰连连大笑。

他们谈到上学时的趣事，那几年青镇的煤矿正挖得如火如荼，绿城的空气也跟着遭殃，学校操场走一圈回宿舍，鼻孔里都是黑的。食堂的炒饼丝最好吃，他们就是在那个窗口相遇的。

那时候真年轻，年轻真好。儿子们就正在这个最好的年纪，最近家里财运这么好，将来他们什么都不愁，接下来的日子，他们也能享受享受生活啦。

郑岚不愿中断欢快的氛围，在李恒峰要加点两杯咖啡时没有阻止他。她喝太多了，脑子兴奋到有点酸痛。

晚上，李恒峰提议去吃海鲜大餐，又是一家精致的餐厅，郑岚从没去过的那种。她看到菜单上的价格，犹犹豫豫报出一道不是海鲜的便宜菜，李恒峰笑着揶揄了两句，手一挥点了最贵的海鲜套餐。

“来点酒吧，海鲜最配白葡萄酒了。”

他懂得真多，郑岚猜应该是平时总出去考察学习的原因。她不能喝酒，这几天李恒峰好像总在挑战她的禁忌。看她犹豫，李恒峰劝说：“没事，就少喝一点。”

那好吧，她举起倒满的杯子。

叮！

两只杯子轻轻碰在一起，发出脆响。郑岚有点感动，可能这就是“正常人的生活”。她第一次喝酒，并不觉得好喝，明明叫葡萄酒，但没有一点葡萄味，口感倒是清冽，配上海鲜的确很搭，她从前基本不吃海鲜。

李恒峰建议她在酒中兑上一些雪碧，更好入口。酒变甜了，郑岚天生是个食欲旺盛的人，只是素来节制，身体的任何风吹草动都有可能引发癫痫，这天吃到没吃过的新鲜美食，又花了那么多钱，忍不住一只接一只地吞食生蚝，配上甜丝丝的酒和李恒峰专注的目光，美梦一样愉快。

两人喝掉一整瓶白葡萄酒，叫了代驾来把车开回酒店。郑岚上车时已经断片了，李恒峰把她塞进后座，她一路在车上胡言乱语，又差点呕吐，李恒峰冷脸坐在副驾驶，直催代驾开快点。

第二天，李恒峰一早就叫醒宿醉的郑岚，让她收拾三天的随身行李，说要给她一个惊喜。他预订了三天的游轮之旅，买了船票就包吃包住，沿途还会路过三个城市，可以下船游览。

“你不是喜欢海吗？”其实李恒峰记错了，郑岚并不喜欢海，只是读书时喜欢过一首叫《大海》的歌，他不知怎么在记忆中挖到这个信息，阴错阳差带郑岚来到实体的海上。但看到他这么用心，喜不喜欢也不重要了。

这些惊喜迟到了二十多年，但依然有效。郑岚已经下定决心，再不去打开那间书房，只要李恒峰从那扇门中走出来，就还是她的丈夫，儿子们的父亲。

游轮停在港口，许多家庭、情侣和郑岚二人一起等待上船。这只是一艘很小的游轮，还颇有些山寨感，但大家都很兴奋，船上号称二十四小时供应各国美食，还有无边泳池、小型博物馆和演奏会，上船之后可以尽情享乐。郑岚酒还没醒，头痛欲裂，但也被这种热烈的气氛感染，有点期待这三天。

但实际体验实在不好，自从来了琴岛后，郑岚又喝咖啡又喝酒，神经像在被迫蹦极，她不失眠了，也没再服用安眠药，但又开始嗜睡。上船后，她早上起不来去吃早餐，到中午才勉强起身洗漱，吃过午饭她就感觉困倦。

下船的行程她基本没去过，都在补觉，李恒峰几次叫她去甲板散步，她都没办法打起精神。

李恒峰在昨天午饭时又给她倒了一些咖啡，她想让自己精神好一些，勉强灌了一杯下去。

隔壁房间住了一对情侣，不知是不是热恋中，每晚都有激烈的节目上演。第一天，入睡时郑岚还有点尴尬，到后面两天，郑岚来不及尴尬就陷入昏睡了。

梦境旖旎。

她湿滑地缠住一个男人，男人起初热烈，在紧要时却突然僵直如木头，她需索不到，急得发慌，但这事一人完成不了，最后她只能望洋兴叹。

醒来后郑岚庆幸李恒峰现在不在房里，她还沉浸在梦里，虽然那种失落的感觉她已经咀嚼过无数遍。好久之后，她才支起身子下床。

今天好像醒得比较容易，醒来她又有点晕船，虽然游轮开得不快，但因为没办法脚踏实地，她吃不下什么，总是想吐，又想强打精神让李恒峰开心，实在累得很。

郑岚感觉有点对不起李恒峰，总归是年纪上来了，可能快更年期了，身体不济，辜负了他的一番精心策划。已经过了午饭时间，她洗漱好之后给他发微信，他说自己在甲板上散步。

郑岚随意吃了点东西，走上甲板，绕了一大圈才找到李恒峰，这是一个人很少的角落，地方很不宽敞，他独自站着看海。郑岚看着他随风飞舞得很勉强的稀疏头发和失去清瘦感、变得佝偻的背影，意识到衰老也同步降临在了他身上。

她走过去，站在他身边。初秋的烈日当头，阳光凶猛，但没什么温度。海面的反光让人眩晕。

李恒峰扭过头对着她一笑，郑岚也回之以微笑。

“你知道我为什么带你上游轮吗？”李恒峰望着海说。

“不是说因为我喜欢海吗？”

“还有一个原因，你记得我们恋爱的时候，看过《泰坦尼克号》吗？”

“记得，那会儿可火了。”

“我挺对不起你的。”李恒峰没头没脑地说。

“怎么突然说这个……”

“真的，我真这么想。”

“一家人不用说这些……”郑岚干巴巴地回，她不能撒谎说李恒峰是个好丈夫。

李恒峰没听她说完：“今天你开心吗，这几天你开心吗？”

“开心。”这不是撒谎了。

“开心就好。”李恒峰转向郑岚，“这么多年，我也知道你对这点肯定不太满意，但我实在浪漫不起来，你就……把这当作一种先天缺陷吧。”

郑岚不敢接他的目光，她依然看着海：“嗯，我明白。”大家都有先天缺陷，扯平了。

“对不起。”李恒峰也转回去看着海。

“说这些干吗……”郑岚还未说完，又被兴致高昂的李恒峰打断了：“我们现在也在船上，可以浪漫一下嘛！你站前面，我站你后面，我们学一下露丝和杰克。来，闭上眼睛。”

郑岚有点害羞，李恒峰伸出手臂把她引到身前，他把手放在她腰间，她抖了抖，很久没有肌肤相亲，她很紧张。

“咱们往前站站。”李恒峰往前凑了一下。她僵直着腿走了两小步，紧紧抓着栏杆。李恒峰在她耳边热热地笑了：“别不好意思，你把手伸出来，看着海面。”闭上眼睛之后，嗅觉更加敏锐。他口腔里有游轮上最受欢迎的烤鸡的味道。

郑岚伸展双臂，指间有风穿过，刚一睁开眼，海面的光晕就一波波打在她眼球上，又打在她神经上，她有点恶心，但李恒峰贴在她身后，挡住了她的去路。刚才吃的那碗面一阵阵往嗓子眼里返，此情此景，她若是吐了，实在是煞风景。郑岚把呕吐物咽了又咽，但李恒峰的手放在她腰间紧了紧，她的胃隔了老远感受到这风吹草动，拼命寻找喷发的管道。

她犹豫要不要伸头吐在海里，风好大，呕吐物会不会飘回来，飘到李恒峰身上，她踮了踮脚，想看清楚船体和栏杆的距离。

李恒峰放在她腰间的手紧了紧：“小心啊，怎么了？”

“有点恶心……”

“那……要不你吐吧，我抓着你。”

五

飞起来，飞起来了。巨轮要沉了。

是水。无限柔软地承托着她，很自由，如果她就这样任由自己降落，就能到最安静的地方去。

她无比辛苦地活了许多年，但从没想过死。

耳边有嘈杂的声音，看来死了也不得安宁。

“郑岚，郑岚？”有人在小声叫她。

谁？是不是爸爸妈妈？

我来了，我来陪你们了。我活着也很辛苦，原来是可以不活的。

六

“醒啦？”是李恒峰没刮胡子的脸，郑岚第一次见他胡子拉碴，平时他非常注意形象。看她睁眼，李恒峰热切地凑得更近，又回身大叫医生。

医生问郑岚：“你还记得是怎么掉下去的吗？”

她默默摇头。

“那你还记得掉下去前发生了什么吗？”

郑岚看向李恒峰，用眼神示意他来说。

李恒峰急忙接话："她还不太舒服，我当时一直陪着她。她晕船了，有点想吐，没想到甲板有点滑，栏杆又矮，我当时没拽住，就这么掉下去了。"

这套说辞医生已经听了一遍。医生狐疑地看回郑岚，她微微颔首，对方不想多事，看她没什么大碍，说完"好好休息"就出去了。

郑岚闭上眼睛，呼出一口气，再睁开眼，声音还是哑的："怎么回事啊，我怎么在这儿？我是发作了吗？"

"你全忘了？"李恒峰好像很诧异。

"只记得我们好像在甲板上散步……"

李恒峰抢过话："你有点晕船，说想吐，身子探出去没踩稳就掉下去了，我赶紧叫人来把你救上来的，还好游轮开得很慢。"

"我睡多久了？"

"两天。"

"嗯。"郑岚还很虚弱，又把眼睛闭上了。

李恒峰也不想再说什么，但还有一桩事不得不提："游轮公司的人也来过了，说要赔钱，你觉得……咱们要多少好？"这毕竟是郑岚用命换的钱，怎么说都该打个商量。

最近走的是大财运啊，什么都不做，天上往下一笔一笔掉钱。郑岚没回答这个问题，而是问：“他们知道我的病了吗？”

“应该不知道，我只是说你晕船了，他们应该信了。嗯……那个地方没装监控，他们自己也理亏。”

“嗯。我觉得就要二十万吧。我想尽快回家。”

李恒峰觉得怎么也得提个五十万，给对方一点砍价空间，最后要三十万。看郑岚已经不想再讨论，他说了句“我去打水”，就退出病房了。

郑岚睁开眼睛，她摸过枕边的手机，没电了，两天没跟李晓通电话，他一定着急了。

第一次离开家这么久，她想回家了。

回绿城后，郑岚没向李恒峰索过药，他有心问问，又有点不好拿捏尺度。下一步该干什么，李恒峰暂时没有头绪。他当时感觉她似乎是要发作，他贴她太近，感觉到她的呼吸是乱的，于是狠狠往上举了她一把。郑岚到底记不记得落水前发生了什么？他不能确定。

其实这本来是无关紧要的，都想让一个人从世界上消失了，她知道真相与否，又有什么关系呢？

但做人有时候就是忍不住要顾及那点脸面，对方知道多了，下手就没那么堂而皇之了。

当然，就算郑岚当面问出口，李恒峰也准备好了一套应付的说辞——你发病了、晕船了、落水了，我什么都不知道——逻辑丝滑，她又能挑出什么毛病？虽然自己当时托了她一把，但也可以理解为托她去吐啊！她又不愿被人知道癫痫这事，就算有怀疑，癫痫也足够变成哑药，让她不能对旁人说什么。

他也没想到在琴岛的计划那么顺利，他本来只是想做次演练，看看把药换成安眠药后，郑岚是什么反应，咖啡、酒精，都是实验品。只要郑岚发作，他就能神不知鬼不觉地让她消失。她没有医疗记录，癫痫可以解释为突发，就算保险公司查出来她隐瞒癫痫，不肯赔付，那又怎么样呢？受益人是儿子们，他也不能直接拿到。况且，本来就是一石二鸟的事，得一只鸟也好，重要的不是钱，是让她消失。

他早确认过了，尸检能检出癫痫，反正怎么也查不到他头上。一个模范了二十年的丈夫，能有什么动机？

本来郑岚当时都落水了，李恒峰正掐着表，准备再过十分钟就呼救，临门一脚的事，偏偏因为跑过来的那个小孩的惊呼而失败了，李恒峰骑虎难下，也只好跟着大喊救人……唉，不想了！越想越来火。

李恒峰一边恼恨，一边坐在马桶上抓挠下半身，那儿的疹子丝毫没有消退的迹象，他把头埋进裤裆仔细查看，不大的面积，已经有好几处被挠出丝丝血迹。

他的思绪又忍不住回到郑岚身上，自己想好的说辞压根儿没用，郑岚什么都没问过，好像琴岛之行完全没发生过似的。郑守正这只老狐狸，确实生了只小狐狸……

正想着，手机响了，是琴岛的号码，李恒峰急忙接起。

“喂，是李先生吧，我们是乘风号游轮，之前您乘坐我司游轮时，还落了一些生活用品在房间，我们给您邮寄过去吧。”

啊，药，郑岚吃剩的药应该还在里面……李恒峰急忙小声回复对方地址。

他之前比对了市面上的好几个安眠药品牌，才勉强找到和郑岚日常用的药长得几乎一样的。虽然应该没有人会多事，拿这些药去检测，但还是销毁的好。手头还剩下一些，他还没想好如何处理。这些药买着并不容易，他操作得非常小心，还是先留着吧，万一还要用呢。

外面传来抽油烟机打开的声音，郑岚已经下班了，正在厨房忙活。李恒峰已经在洗手间消磨了半小时，自从琴岛之旅后，他在家就总有不那么理直气壮的感觉，待着浑身不得劲儿。李恒峰本来不想回家吃晚饭，但在绿城，他也没什么朋友，出去吃饭如果碰到熟人，总觉得不好解释，思前想后，还是只能默默回家。

深吸一口气，李恒峰打开门，郑岚已做好了晚餐在等他。

她坐在餐桌旁，没看手机，也没开电视，只是坐着，看到他走出来，郑岚报以微笑，李恒峰回以微笑，走过去拉开椅子坐了下来。

一百多平方米的房子好像塌缩到只剩餐桌这么大，两人挤在逼仄的空间中，装作不在意对方呼出的气息。

郑岚没问李恒峰，是因为她不打算问了。她还在等，等身体中的药物代谢完毕。正常人本来就该干干净净的，血液里没有药物，大脑也不会突然停转，能控制排泄，还能有一段正常婚姻。可能会争吵、会冷战，但也会互相缠绕着、拖扯着，就这样过一辈子。她看出李恒峰有些忐忑，很好，这是他应得的。

在琴岛的医院醒来的那一刻，她就想好了。

她坚持正常上班，好像停药后身体暂时没有什么不良反应，或许真像李恒峰说的，她早就好了，是可以正常生活的。她最近甚至比之前表现得更加活跃了一些，在同事们闲聊时，会主动搭两句话。

“岚姐最近心情不错啊。是不是前段时间和老公出去旅游，感情变好了？”年轻同事打趣道。

郑岚笑笑，旁边一个和她年纪相仿的同事加入对话：

“岚姐是人生赢家，能不开心嘛，我有个青镇的亲戚，就住岚姐老公他们家附近，那片儿房子拆迁，至少赔了这个数儿。”他伸出两根手指。

同事们纷纷哇出声。郑岚也在心里哇了一声，李恒峰，你真是给我留了好多惊喜啊。

要验证这件事并不难，郑家还有些亲戚，下班后，郑岚打了几个电话，就确定李恒峰瞒了她一百万的事基本属实。

原来，日记之外，你还有这么多的秘密。

李曦不知道郑岚发什么神经，她突然打电话来，要求李曦去接李晓，一起回家一趟。虽然北京离绿城很近，但李曦上大学后只有过年才回去，学习及赚钱已经忙得不可开交，哪儿有时间探亲？

尤其要带着李晓回去，着实麻烦。世人都说双胞胎之间有心电感应，李曦只觉得自己在郑岚腹中时，一定吸收了较多的营养，压制了这个弟弟的发育，才令李晓呆头呆脑，这跟眼睛看不见没有直接关系，愣就是愣，可能是随郑岚吧。

李晓工作的地方离李曦的学校很远，李曦不情愿地收拾起行李，准备去找他。郑岚这次态度异常坚定，李曦认为自己现在还在依赖父母生活，没必要把关系搞僵，他在电话里稍微反抗了一下就接受了。

郑守正和吴文清去世后，李曦总不知道该在家里怎么自处，郑岚与李晓自成一体，李恒峰像个不存在的人，偶尔回家，李曦也像李恒峰一样，长久地待在自己的房间。他试过要求回家时去住姥姥姥爷的老房子，郑岚没有同意。

现阶段，李曦尝试把郑岚作为自己的雇主看待，或者上司。年纪小一些时，他还会因为她在李晓身上投放了更多精力而失落，这几年是完全不会了。贪恋母爱曾让他羞愧，后来又觉得没必要去跟生物本能抗争。但现在自己已经长大了，李恒峰比起郑岚来，更有用，他也感受到李恒峰对自己的依赖和亲近，自然而然，他也就不再囿于那些小儿女心思了。

将逻辑理顺后，李曦收拾好东西，背起包去找李晓。

李晓同样不愿意在这时候回绿城，他和自己按摩生涯的第一位客人约了下午的按摩，他现在知道她的名字叫小桃。

他靠这每周一小时的时光，来忍耐给臭烘烘的中年男人按摩时对方的吭哧乱叫："小伙子，再上点劲儿。"他们的这种要求总让李晓晚上因为肌肉酸痛无法入睡。

小桃是水蜜桃，她太鲜嫩了，李晓总担心自己被中年大哥们调教过的手太重，会把她捏痛，他屡屡嘱咐她，太重了就要说。小桃跟他熟悉之后，终于软软地扔来一句："知道啦，你好烦。"他窃笑。

现在只能让师父顶替自己了，李晓不情愿地跟师父提了这事。他工作一直认真，师父也没二话，只嘱咐他路上小心。李晓摸索着刚把东西收拾好，李曦就到了，他在哥哥到达的那一刻抬起头，看到那个和自己一模一样的模糊影子。师父第一次看到李曦，很稀奇地啧啧赞叹："这哥儿俩，长得一模一样，但完全不会认错，一看就是两个人嘿。"

李曦挤出一个友善的笑，颇有哥哥样子地感谢师父对李晓的照顾，李晓熟练地捏住李曦的衣角，二人出发回家。

儿子们突然回来，李恒峰很吃惊。无缘无故，也没有逢年过节，一家四口就这么整整齐齐地共处一室，实在令人无所适从。郑岚淡淡地说，就是想一家四口团聚一下。

李晓对于见不到小桃的失落早已随着到家的雀跃烟消云散，他紧紧追着郑岚的脚步，在她做饭时，用足以盖过抽油烟机的音量跟她大声聊天，诉说自己在工作中遇到的种种新鲜事，即使其中大部分早已在每日的电话中讲述过了。

既然回来了，李恒峰也摆出成熟的接待态度。他把茶具挪到客厅，李曦像模像样地坐在茶几对面，两人开始喝茶聊天。李曦向李恒峰展示了最近的基金走势，一片大好。李恒峰付出的成本稳赚不赔，他很欣慰。

这个家自动分为两个阵营，李恒峰和李曦高谈阔论，而郑岚和李晓各有所思，对话经常乱了节奏，又因为两人亲密的默契而进行下去。

晚饭的大菜是胡萝卜炖羊肉，再加葱爆羊肉、羊肉大葱饺子和一个青菜。

郑岚提前问过李恒峰，是否可以使用冰柜里的羊肉，陈沉不来了，李恒峰留着这些羊肉也没什么用，随口就应了，没想到她倒是做出一桌全羊宴来。

坐下之后，李恒峰就有点不高兴，说不定过年陈沉还会回来，他本想留一点最好的部位，譬如羊脖子，那是块活肉，最好吃的。他忍了又忍，还是问道："怎么突然想吃羊肉？"

郑岚回身答："突然想吃。家里那么多，不行吗？"

自从在琴岛落水后，李恒峰就感觉郑岚似有不同，一时哽住，不再质问。

这些菜都是郑岚对着菜谱现学的，羊肉又容易膻，味道实在不敢恭维。李曦吃了几口，抱怨不好吃，说自己想点外卖，郑岚对此充耳不闻，李曦看她没反应，也硬着头皮吃完了碗里的饭。

郑岚悲哀地发现，自己在用爱对待他们时，从来没得到过的尊重，在自己把心变横之后，轻松取得了。

可惜郑岚不知道，如果以一种上帝视角来看这餐饭，其实看起来充满和谐感。家里这张吃饭的圆桌已经用了十几年，随着天长日久的使用，食物的油脂和盐分，还有一家四口的唾液和汗水沁入木头的皮肤，再貌合神离，坐在一起时，也难免有丝温情。

只有李晓没有闻到饭桌上复杂的气息，他的嗅觉被羊膻干扰了。他一边享受着郑岚在身边的安全感，一边还有点记挂在北京的小桃，不知道她现在是不是已经去店里了。李恒峰对李晓很是看不惯，他太扭捏，只知道腻在郑岚身上撒娇，除了眼神空空外，看起来跟年少时被母亲揉搓的自己一模一样。看看李曦，肌肉线条初具规模，李恒峰暗自赞许，男人就该有男人的样子。

郑岚主动拾起话头："儿子们，你们还记得陈沉叔叔吗？"

李曦完全不记得这号人，摇了摇头，李晓还有点印象："那个爸爸的同学是吗？"

"对，他现在也在北京，你们有时间可以联系他，也算多个照应。"

"没必要吧。"李恒峰一边夹菜一边说。

"你们可以跟爸爸要一下陈沉叔叔的联系方式，有空约他一起吃个饭。"郑岚自顾自地对儿子们说。

"啧，我说了不需要，也没那么熟，去打扰人家干什么？"李恒峰突然加大音量，他不耐烦时就会说"啧"，今天郑岚突然从他的神态中捕捉到一丝有点媚态的刻薄。

真恶心，又真感人。抛开一切，这份爱堪称坚贞。确认了李恒峰和自己一样悲哀，郑岚心里平衡了一些。

她放弃纠缠，转而问李恒峰："最近我们办公室一起聊天，小刘说他家亲戚在青镇和你家是邻居，他们的赔偿款好像是两百万。"

李恒峰的脸色变了，他脸上毛细血管好像突然在皮下爆炸了。李曦听到"两百万"，眼睛亮了："真的吗，真的吗，爸，是不是要给我们补发？"

这话给了李恒峰灵感："是吗？可能要补发一笔吧……我明天去问问。"他的太阳穴突突跳着，等待郑岚的反应。

郑岚抿嘴笑了，她好想爬进李恒峰的心里，马上体验一下那里的跳动有多强烈。她记得李恒峰在日记中写，他是如何在每次接近她时，提前做好心理建设的。都怪自己从前太好捉摸了，是一个没什么惊喜的对手。

她把面红耳赤的李恒峰晾在原地。这是她重生的聚会，她用杯子敲敲桌子，杯中有酒，她举杯邀请桌上三人："来，我们一起喝一杯。"

李曦知道郑岚不能喝酒，一脸疑惑，想阻止又没说出口。李晓摸到杯子，积极响应号召。李恒峰犹豫地举杯，他曾撺掇她喝酒，现在拦她，前后逻辑就对不上了。

郑岚看着儿子们，他们长得很像李恒峰，也有一点自己的影子。对不起啊孩子们，你们不是因为爱出生在这个世界上的，你们是被强行捏合的产物。她把杯中的酒一饮而尽："曦曦，晓晓，你们都长大成人了，今天也算一个小小的仪式吧，祝你们在大人的世界里，平平安安。"

这番话来得和这场聚会一样没头没脑，不过没人多问。李恒峰看郑岚的表现，疑心她发现了什么，他再次懊恼在游轮上的功亏一篑，如果没有那个搅局的小孩，他说不定已经可以在海南度假了。李曦盘算着如果能再多发一百万，一定再跟李恒峰要二十万来买基金。而李晓牵挂着柔软的小桃。

一家四口，就这样心思各异地吃完了一餐饭，第二天，郑岚就催着李曦和李晓回北京了。她知道李恒峰已经起了疑心，没关系，他没有机会了。

七

郑岚没有在上午时分洗过澡，她发现，家里的花洒和淋浴水管异常干净，在阳光下亮晶晶的。淋浴间旁边是一扇百叶窗，阳光从缝隙中漏进来，水柱中竟出现了一道小小的彩虹。她第一次遇见这七彩的小光晕，于是把手伸过去，彩虹被她的手指斩断了，她洗掉了手上的血迹。

都洗干净了，她第一次对着镜子检视自己的身体。苍白、瘦削，胸部像一对小小的酱红色句号，小腹的皮肤上有一道缝合的刀疤，四周的皮肤相比其他部分更加褶皱松弛，胯骨凌厉地突出，一对没什么肌肉的腿。没有人真正看过这具身体，包括郑岚自己。她又扭过身去，骨骼突出的背部，扁塌的臀部。她还记得李晓和李曦刚出生时那种软嫩，在郑守正和吴文清心中，可能自己一直停留在了那个需要保护的时候。

她思索了一阵，伸手往下，在镜中掰开自己。一种不太新鲜的羊肉的色泽，一张发不出声音的小嘴。它很沉默，因为惯于承受冷落。生育或许是它最受关注的时刻了，那么多人围着它。“用力啊”“加油”“忍着点”，他们说。是不是对其他女人来说，这是从爱到生命的通路？对她来说不是的。她放开手。

这具身体上，发生过很多事，抽搐、僵直、失禁、性交、生育……死亡。除了生育，都已经失去痕迹。身上残留的水蒸发了，被热水温热过的身体变得冰凉。她撇撇嘴，搓了一下手臂上的鸡皮疙瘩。她还在发抖，不是因为冷，是刚才太用力了。

她总在被动承受，这也算主动了一回。

家中非常安静，她头一次赤裸着走去卧室，选择了一身桃粉色的衣服。这是李晓工作第一个月发了一点钱之后，拜托师父带他去买的，他的眼睛只能看到模糊的颜色，桃粉色显眼。他不知道妈妈不习惯被人观看，这是郑岚第一次穿这身衣服。效果不怎么样，她苍白的皮肤浮着一层扎眼的颜色，就这样吧，不换了，她还有些事要忙。

她还得打扫卫生，抹除或者留下一些痕迹，这里以前是家，以后是坟场。

对不起，爸爸妈妈，我还是没能平安地度过一生，对不起，对不起。我坚持不下去了，这段你们为我精心筹划的人生。

在收拾出门前，郑岚拨通了李晓的电话："喂，晓晓，是妈妈，爸爸妈妈要出去旅游几天，这几天不给你打电话啦。"

加郑岚微信的时候，陈沉就猜到对方是来要钱的，没想到她说自己现在人就在北京西站，非要一个地址面谈，这家人怎么都这么爱面谈呢？他给李恒峰发了微信，对方简单回应了两句，说是自己让老婆去的，奇怪，这人一改平时的热情，是不是瞒了那一百万的事东窗事发，老婆来讨债了？陈沉刚睡醒，惺忪的眼睛缓了缓神儿。

麻烦！李恒峰转来十万也就一两周，老婆就上门来讨了，这小子行不行啊？不过，这钱本来也不是自己的，该还就还，能怎么办？陈沉给郑岚发了地址，女友还在熟睡，前一天打游戏睡晚了，这丫头心真大，陈沉翻身下床，把被子给女友掖好，随便洗了把脸就出门了。

郑岚在李恒峰的毕业照片上见过陈沉，前排的李恒峰半蹲着，阴沉着脸，陈沉在最后一排龇着一口牙，笑得没心没肺。她看到他在门口，叫了一声："陈沉！"

陈沉被这抹桃红色晃了一下，展开一个和照片上一样的笑容："嘿，郑岚吧。"

他伸过手来，郑岚只好伸出手去，他的掌心像带着一团火，握住郑岚的手，大大方方摇了一下："哟，手这么凉。"

伸手不打笑脸人，郑岚缩回手后，有点不知道怎么开口。

"恒峰没跟你一起来啊？"陈沉问。

"嗯，他有点不舒服，在家休息。"她也是这么告诉图书馆的人的，解锁了李恒峰的手机之后，她帮他请过假了。

陈沉看她局促不已，有点同情这个被丈夫欺骗的妻子："有话咱就直说吧，没事。"她看起来备受折磨，好像刚从地狱里爬出来。

"李恒峰借给你的十万，你得还给我。"这是郑岚从李恒峰微信里查到的信息。

得，还是为这个来的，陈沉点点头："行，钱我还没有动，你再晚点来，我放房子里，可能就没那么容易拿出来了。你回吧，放心，我今天就给你转回去。"

郑岚很惊讶，她是带着一腔孤勇来的，没想到这么顺利。她没见过陈沉这样的人，她有点明白李恒峰了。

她研究着陈沉的脸，毛发旺盛，毛孔粗大，年过四十，依然生机勃勃。陈沉跟他们都不同，他是走在阳光下的人，而他们只是鬼祟悲哀的黑影。

她突然笑了："谢谢。"

八

这是郑岚留给世界的最后一句话，三天后，李曦收到郑岚从绿城寄来的快递，是一份意外身故险的保单，投保人是郑守正，受益人是李曦和李晓。快递中还有一张字条：

曦曦，请明天回家一趟。不要带弟弟。——妈妈

李恒峰的头，被书柜上一个铜制摆件砸了一个大洞，他身上还裹着被子，脸朝下埋在那堆书里，脑浆流了一地，现场惨不忍睹。

郑岚的尸体赤裸着躺在冰柜里，冰柜是风冷型的，她身上没有结霜，解剖结果显示，她生前最后吃的食物是羊肉汤，血液中有大量安眠药成分。锅具和碗上面，都有李恒峰的指纹。李恒峰曾在三个月前从非法途径购买过此种安眠药。

人们都说，郑岚是被李恒峰所杀，然后放在了冰柜中。在杀死郑岚后，李恒峰在书房死于一场意外，书架塌了，直接砸死。这一定是老天有眼。

动机？骗保呗。虽然受益人不是他，但两个儿子刚刚成年，一个又是半盲，钱很容易落到他手上。这个人，看着人模狗样的，可真狠哪。

李曦与李晓突然有了很多钱，比拆迁款还多。

李曦没办法实现那个“全靠自己，不靠家里”的伟大目标了。而李晓专心难过了好一阵子，他还不知道，自己的户头比哥哥的多了一百万，那是郑岚作为一个母亲，留给他最后的东西。

而她作为女儿和妻子的那一部分，她想全部带走了。

贪生

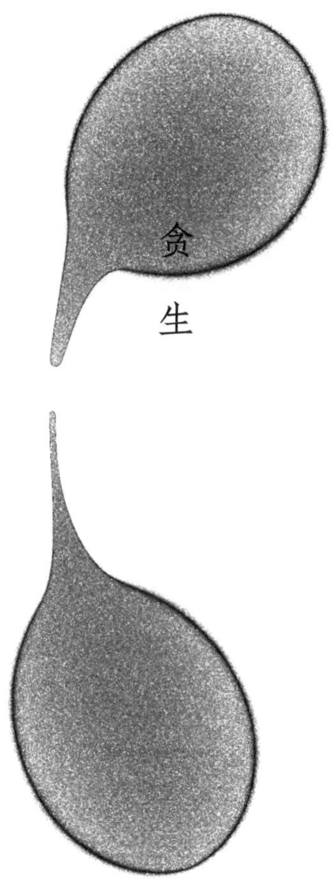

一

清晨去北京的大巴车上，有种捂了一夜的汽油味。张晴斜着眼看了好几次王春荣，她从上车就靠在座位上一动不动。张晴还没能拥有手机，只能盯着大巴最前面的表数时间。早上五点半就被叫醒来了汽车站，她满心疑惑，又饿又渴，没抵住困意，终于还是靠着车窗睡着了。

等张晴醒来，车已经开到北京近郊，再过半小时，就能进市内了。张晴从黑沉的睡梦中拔出意识，想起来自己这是在车上，准备去北京，至于为什么去，去了干什么，她一概不知。王春荣也不睡了，在座位上用手机发微信，嘴边不时露出微笑。这该是心情不错了。“妈……咱们去北京干吗呀……”张晴好容易张开睡到有些黏糊的嘴开了口。

“去了你就知道了。”王春荣一边回信息一边随口回答。这说了不跟没说一样？张晴一起身，头皮被扯得生疼，她“啊”一叫，勉力回身摸索，发现是头发粘上了车窗缝里一块不知道谁塞进去的口香糖。王春荣也没抬眼，听到张晴的惊叫，问：“怎么了？”

“头发粘上了。”张晴使劲儿往外拔，可能是粘太久了，那靠近头皮的一大缕头发纹丝不动。王春荣好歹抬眼看了看她，准备上手帮忙，车已经渐渐开到六里桥汽车站附近，母女俩七手八脚薅了半天，拽掉好几根，一大簇头发仍然牢牢粘在原地。

大巴开进了车站，“噗咻”一声停下了，王春荣的手机响了，她急切接起：“喂，哎哎，我们马上到了，好好，知道了，我们马上出来。”

车上的人迅速走空了，司机也过来查看情况，王春荣看了几次手机，问司机：“大哥，你有剪子吗？”

等张晴顶着一头缺了口的头发见到吴江时，她的眼泪还没有止住。王春荣让张晴推着箱子，她自己左右手各拎了一只大包，走得跌跌撞撞。吴江赶忙上前：“快给我吧！”标准的北京口音，含糊又脆生。

张晴抹了一把眼泪，想看清这个男人。天很热，吴江穿了一件晃晃荡荡的polo衫，他瘦得惊人，肤色苍白，仿佛常年居于山洞，手指上有一个不大的文身，是什么图案，张晴还看不真切。他和父亲张小军差别很大，张小军是一座黑塔的样子。

王春荣稍微推托了一下，就把包递了过去，吴江接过，包很沉，暴出了他手臂的青筋。

“来，这边来。”吴江招呼着，带她们去等出租车的地方。

张晴除了青镇，只进过省会。她第一次见到这么多人，人声和噪声裹住她的头。王春荣没有给她介绍这男人是谁，太阳很大，一直没吃饭，她感到很眩晕，一手扒拉着那缕被王春荣强行剪秃了的头发，一手推着行李箱，王春荣急着要跟吴江并排走，好听他说什么，没怎么理会张晴。

三人终于等到车，里面开了空调，乍一进去，张晴被冷得一激灵。

她呆坐在车上，望向窗外，吴江不时跟王春荣说话，介绍沿途路过的建筑。张晴只在电视上见过北京，在车上清凉的空气里，渐渐也忘了头发的事，沉浸在这座巨大的城市中。

车开了半个多小时，到了一家快捷酒店的门口，吴江帮忙开了一个标间，又帮母女俩放好行李。“走，咱吃烤鸭去。”吴江热络地招呼着。

这家全国无人不知的烤鸭店人不少，服务员臭着脸疲于应付顾客的各种提问。比起大部分第一次也是唯一一次来吃这种昂贵且难吃的饭店的游客，吴江显得游刃有余，他快速点了三个菜，烤鸭、鸭心、乾隆白菜，鸭架再煮个汤。王春荣稍微劝了劝，说点太多了，然后就娴静地坐着，学着吴江，伪装出一种泰然自若的样子来。

等菜的时候，王春荣终于想起给张晴介绍吴江：“晴晴，这是吴江叔叔。”张晴小声说：“吴叔叔好。”吴江露出一个标准微笑：“哎，晴晴待会儿多吃点。”就又把视线转回王春荣那儿。吴江对这家烤鸭店多年来的变化进行了一番讲解，又细细说起附近有什么景点，计划着未来几天要去哪儿哪儿玩，王春荣一副听任安排的样子。

烤鸭再好吃，张晴也没了胃口。她已经十六岁，怎么也能看明白母亲和这男人的关系了。她倒不是想去评判王春荣这样是不是正确，只是觉得自己跟一件随身行李没什么区别，就这么被拉来北京了，谁也没兴趣跟她解释一下发生了什么。

王春荣不是故意瞒着张晴，只是这事实在不好开口。她离开青镇的决心下得很突然，就这么把脚上还绑着绷带的张小军扔那儿了。这是一种奇怪的安全感，虽然光明正大地走，他也不见得会追来，但他脚受伤了，就一定不会追来，对吧？

跟吴江是在微信漂流瓶认识的。王春荣很时髦，一向是听别人说有什么新玩意儿，马上就要玩玩。吴江抛来的瓶子里，塞着一句话：“你好，陌生人。”

两人断断续续联系了三个月，从第二个月开始，她经常深夜在家门口和他打电话。他在电话里给她讲北京，讲他从小是怎么在那儿长大的，他看过“最原汁原味儿的”北京，“现在那些四五环什么的，都不能算北京”。还讲美国，他哥哥姐姐都在那儿，他妈去世前三年带着他一起出去过一趟，“超市里卖的肉特大块，牛奶特大一桶，美国人也特肥，能一屁股把我坐死”，她小声跟着笑，觉得他真是有经历，见过大世面。

两人正联系得热火朝天时，吴江消失过七天。突然就没音信了。末了，吴江又重新出现，只说自己前阵子处理了点急事。失而复得总是更加喜悦，王春荣也就更加投入地和吴江在文字上耳鬓厮磨起来。

如果不是因为打电话这事，她还发现不了张小军的脚是怎么伤的。

张晴放了暑假之后，总是熬到很晚才去洗澡，王春荣在院子角落坐着，其实每天都能看到她悄悄溜进浴室，只是假装没看见。这天王春荣照常小声在院子里说笑，看着张晴走进浴室开了灯，突然听到客厅里张小军一声惨叫。他打碎了一只水杯又踩到，把脚底割开一个大口子，肉都外翻了。

等把张小军送到镇上卫生所，敲开人家的门，绑了绷带拿了拐，回家又收拾完一地的血，他也回屋睡了，王春荣才坐在客厅沙发上陷入战栗。

她和张小军已经分房好几年了，他半夜不开灯经过客厅要去哪儿？他们家厕所的门锁为什么偏偏在张晴放暑假时坏了，到底怎么坏的，为什么一直修不好？为什么张小军根本不敢提他为什么受伤？她再也坐不住了。

第二天白天，王春荣在自己屋收拾了些衣服，晚上等张小军睡了之后，她又悄悄叫醒张晴，也收拾了证件和一些必需品，就带着她上了大巴。吴江这几周一直在叫她去北京，她非走不可了。

临走前的中午，她去找了小叶。

小叶刚送走前一晚的客人，在镇上做这行，大部分人不过夜，不过有一些光棍主顾偶尔留宿。小叶的门面有两个门，王春荣从后门走了进去，她从不敲门，反正白天也没什么客人。房里开着空调，但小叶的房里有劣质洗发水和一种蒸腾的热烘烘的气味。王春荣总和小叶开玩笑说这是烂男人味儿。

小叶在厨房煮挂面，正切开一个汁水四溢的西红柿，看到王春荣，她亲昵一笑："这个西红柿好甜，你来吃一块。"说着就抓了一块塞到王春荣嘴里。是好甜，王春荣不语，默默咀嚼。"吃了吗？吃点？"小叶撕开一包挂面，看王春荣点头，就捏出一些放进小锅里。

王春荣的沉默显得反常，小叶一边搅动面条一边问她："怎么了？你怎么怪怪的？"

"小叶子，我……准备去北京。"

跟小叶并不用过多解释前因后果，她什么都知道。小叶也沉默了一会儿，然后笑了："去吧，挺好。钱都打点好了？"

王春荣觉得自己这次冒险还是押对了。她看到吴江的那一刻就觉得喜欢。或许是因为他和她这辈子唯一的男人很像。当然，不是指张小军，他只是个名义上的丈夫。吴江的样子还遗留着少年时的苍白瘦削，对四十五岁的男人而言，是清爽干净的。

到北京的当天，吃完烤鸭之后，吴江就先把她和张晴送回宾馆，让她们好好休息。母女俩都洗了澡后，张晴躺着看《快乐大本营》，王春荣给小叶发微信。张小军号码已经被她拉黑，管他打没打电话来。她对吴江极尽赞美之词，小叶笑她“痴”。或许是有些，她扭过身体背对张晴，悄悄笑了。

王春荣自然察觉到了张晴试探的眼神瞟过来几次，明天再跟她解释吧，明年，她应该就能上北京的高中了。

张晴还是累了，早早就窝在被子里打鼾。王春荣轻轻下床，过去摸了摸张晴的头发，还是湿的，算了，就这样睡吧。她刚跟吴江约定，要到旁边的烧烤店喝两杯。

出来得太急，王春荣带的化妆品不多，画上眉毛、涂上口红，她在洗手间对着镜子审视自己。这是一张颧骨略高的脸，少女时显得很成熟，年过三十五后，却意外地挂肉扛老，到现在四十岁，五年间都没什么变化。王春荣的眉骨很明显，眼尾轻轻吊起，斜睨人时格外勾人。小叶总说羡慕她皮肉紧致，她自己的娃娃脸，年轻的时候又嫩又甜，皱纹来得也奇快，自三十岁后，她的生意逐年下滑，已经在琢磨干点别的了。

盛夏的北京空气中也弥漫着一股潮气，王春荣前一夜几乎整晚没睡，现在却因为这水汽滋润，显得容光焕发。她又退远了些，想尽量全乎地看清楚自己的身体。

青镇人喜面食，每家每户的女人都要撂开膀子揉面，少女时再纤细的胳膊，这么揉上二十年也变粗壮了。王春荣觉得自己比起旁人来还算维持得不错，身上这件黑色掐腰花裙是小叶在淘宝和她一起选的，胸前虽没二两肉，但腰那儿还是被箍出一个美好的弧度。她又转过身去，扭头看清自己的臀部。裙子倾泻而下，在那里微微隆起。

自“春荣小卖部”关张之后，王春荣都没怎么精细地打扮过，转眼也有几个月了。打扮要打扮给人看，张小军那个窝囊废，她看都不想多看一眼。

配吴江嘛，还是配得起的。如果穿上婚纱，也是一个拿得出手的新娘子。王春荣对自己满意一笑，已经准备好去赴这个令人躁动的约。

王春荣人生有两大遗憾，没上够学，没办成婚礼。她成绩明明那么好，可是母亲当时刚生了小满，三妹四妹还小，大姐也已经出来做事了，小满没人带，只好让王春荣辍学。

在生到第三个女儿时，父亲痛悔当年给大女儿起名王夏红，一定是因为名字里有了季节，非得生够四个姑娘，才能生出儿子——夏红、春荣、秋菊、冬梅，凑齐四姐妹后，父亲觉得第五个怎么都会是儿子。

可惜，又是女儿。小满刚出生就很乖巧，母亲说，她肯定是知道家里不想要她，乖点，就不会被送人。一家七口分睡在同一个房间的两张床上，深夜，王春荣也听过父母压低声音的讨论。把小满送人还是让王春荣辍学，确实令他们颇为苦恼。王春荣想接着上学，可是，家里还没她说话的分。

家是小小帝国，但女儿们不是公主，只是丫鬟。

十四岁的王春荣抱着这软绵绵的肉团，学习做一个除了喂奶外能操办一切的小妈妈。长到两岁时，所有人都发现小满和颧骨高耸的王家姐妹们不像。她的脸宽且扁，像个被捣了一拳的发面馒头，眼睛像两枚不怎么动的小黑豆，中间距离过宽。人叫她，她就温顺缓慢地把眼神投过来。

“小满是个傻的。”镇上卫生所的大夫得出结论。王春荣抱着小满，和母亲对视一眼，怪不得小满好带得惊人，因为她是傻的。到四五岁，傻小满也只会咿咿呀呀，对着王春荣发出“么啊，么啊”的音节。

有一次，王春荣背着小满去供销社买东西，认识了回来过暑假的李立明。他爸妈在城里做老师，他刚上高二，刚长起来的少年，白净瘦削，比王春荣高一头，胡子茸茸地围着下巴长了一圈，但表情神态好像还没跟上，有种近似小满的天真。

他没事总偷偷找王春荣聊天，讲自己又看了什么书，王春荣很爱听，也借了几本回去看。

熟了之后，王春荣和他比胳膊，一个粗些但雪白，一个细点但黝黑，两人看着色差哈哈大笑，小满也不明就里地跟着“嘿嘿嘿”。要小满保密很容易，反正不管她说什么，王春荣都可以解释为“她瞎说的”。李立明很烦她带着小满，她自己倒是不在乎，小满跟着她早习惯了，像一只忠诚的小狗。

对男女之事，王春荣无师自通，她常年和父母同居一室，大概还是知道几个妹妹是怎么来的。她嘴上不说，心里有种惊人的坦率。每个人都是由同样的方式造出，为什么倒成了所有人的难言之隐?

当时的青镇已经出现了几个小煤窑，也有人当上万元户，起了新房子，老房子就先搁在原处。只要有空闲，王春荣就背着小满来到这儿，李立明总是在这儿，躺在原来的羊圈里的破席子上看书。他会给小满准备好一把糖，让她慢慢吃。

对李立明，王春荣有过一点点期待。她想，如果他坚持，那她可以跟了他。他家在城里。

小满失踪的那天，王春荣因为马上要来月事，本不想赴约，可天气一天凉似一天，暑假就要结束了，李立明就要回城了。她还是去了，她尚存的那点羞耻心让她把小满关在了羊圈外的角落。

李立明那天有点粗鲁，仿佛要把王春荣吞掉，他抵着她揉搓，天地万物都涣散了。他们一直在边缘徘徊，并未有最终一步。王春荣觉得自己日子还长，始终守着底线。等王春荣回过神，才发现小满不见了，她永远消失了。

王春荣和李立明趴在废弃的水井边张望了好久好久，王春荣小声冲着里面喊小满，期待得到“么啊”的回应。过了好几年，等张晴出生后开始学说话时，她才反应过来，小满那是在叫“妈”。

小满消失得很安静，知道消息的爸妈只是让四姐妹再出去找找。怎么都找不到后，家里人都掉了一些泪，没人责怪王春荣，傻子要跑丢，谁能看住呢？

李立明提前回城去了，王春荣知道他是逃走了。比起张晴，王春荣一直觉得小满更像自己的女儿。她那时没经历过什么，曾全心全意地当过妈妈。

张晴睡到半夜，迷迷糊糊听到门响，但无力睁开眼睛。第二天，她早上七点不到就醒了，已经忘了这事，她看王春荣还在睡，自己就先去洗漱。前一天吴江说，八点会来接她们，一起去逛故宫。她只在课本和电视上见过故宫，虽然内心还在抗拒突然冒出来的吴江，但也忍不住雀跃期待。

王春荣的手机闹钟在七点响起，她挣扎了一下按掉了，又懒懒地躺了十分钟不想起。她一向精力旺盛，需要的睡眠不多，不过前一天实在睡得晚了些。

前一晚和吴江只喝了两瓶啤酒，仍是他说她听，主要展望了一下未来，两人怎么挣钱，怎么给张晴找学校，等等。

吴江在饭店的惨白灯光下，比白天显得老了些，但还是顺眼的。他对于挣钱这部分尤其热情，讲得眉飞色舞。王春荣对他具体说了什么，没那么感兴趣，这吃饭喝酒是必要流程，直奔主题总有些不好意思不是?

聊了两小时后，吴江提议送她回宾馆。这完全出乎王春荣的意料。她一时有些愣怔，反对也不对，同意又不情愿，就这么迷迷糊糊被送回来了。

原来根本没有“主题”。她倒是没想到，每天饱含热情劝她来北京的吴江还真是个正人君子。王春荣像个蓄势待发准备上战场的士兵突然被告知世界和平了，内心怅然若失，又觉得该赞美对方的正直。

“妈，起吧，再晚就来不及了。”王春荣被张晴叫醒，她还是打着精神起来，换了一套利索的行头，薄施粉黛。怎么都得漂漂亮亮地出现吧。

吴江已经等在楼下了，说要带她们去吃旁边老字号的馄饨和炒肝儿。他把店里的吃食基本点了一遍，码了一桌子。青镇也吃下水，羊肠汤尤为著名，但那是清清爽爽的汤水，这炒肝黏黏糊糊，还加足量大蒜，王春荣吃了一口就推开了，白天还得聊天呢。吴江也不避讳，接过去吸溜吸溜都吃光了。张晴不作声，埋头吃馄饨。

要说这几天的行程，吴江安排得很不错。上午趁大太阳还没出来去景点，中午找地方吃饭，下午最热的时候回宾馆休息，晚上再出去找一个商场吃饭。上午看故宫，下午就去世贸天阶，传统结合现代，又新奇又舒服。他给母女俩订的酒店就在他家附近，下午她们休息的时候，他也回家休息。王春荣逐渐习惯了他这样的方式，自己眼光不错，这是个老实人。

第三天，吴江带着她们去了清华北大。他说自己好几年没出过二环了，因为“二环外不能算北京”，但“为了晴晴，必须得去一趟”。张晴的成绩是还不错，但也没妄想过自己能考上清北，她刚好高二，过完暑假就高三，明年就该高考了。清华北大人头攒动，人不比故宫少。很多组合都是中年夫妇带着孩子，王春荣和吴江带着张晴混迹其中，虽然才相处三天，也一派和乐融融。张晴觉得这男人好像是比张小军好。

张小军虽是自己的爸爸，但张晴内心觉得他很陌生。从她记事起，他就不爱说话，总一副若有所思的样子。因为黑胖，眼睛被挤没了，张小军的眼神是藏在眼皮下的，偶尔抬眼看张晴，她还要熟悉那么几秒才能回看父亲。

在家时，一家三口吃饭总是分开的，有时张晴和王春荣一起，有时一家三口各吃各的，到饭点了，王春荣就做一锅汤面放锅里，谁饿了就去盛一碗。张晴从初中后就一直在住校，她不在家时，王春荣索性就在小卖部里吃住，直到店要被拆了。人家总说，父爱是沉默的，张晴觉得张小军只是沉默，她没体会到啥爱，她甚至害怕这个沉默的男人。说不定，吴江这几天跟她说的话，都比张小军十六年跟她说的多。

不过张晴还是没弄懂王春荣到底怎么打算的，来北京这趟算什么？旅游？这些疑问只是细碎地在行程之间闪现。

第四天，吴江带她们去北京动物园，这一天张晴和王春荣都累瘫了，谁都无暇有什么其他念头。这累不是因为看动物，吴江带她们去了动物园服装批发市场。在目不暇接的各色衣饰档口，母女俩满载而归，当然，吴江买单。不过也不是全数买单，他阻止了张晴买那双五十块钱的黑色运动鞋。他悄悄冲她眨眼："明天带你买好的。"

第五天，吴江带她们去了上品折扣。这是一个全是牌子货打折的商城。张晴看到好些班里的青镇煤矿领导的孩子穿的品牌。她选了一双黑面白底的耐克鞋，踩上去又轻又软，仿佛踏在云端。王春荣看到张晴把装鞋子的购物袋捧在胸前，也不禁感到轻微的心酸。当然，更多的还是快乐。

当天晚上，王春荣对张晴说："晴晴，吴江叔叔可能就是你未来的爸爸。"她格外谨慎地使用了"可能"。哪天领了结婚证，才算铁板钉钉。张小军已经找到小叶那儿了，小叶劝她如果打定主意不回去了，就换个新手机号。

也不知是因为这几天玩得太兴奋，还是宾馆房间空调太冷，到第六天，张晴突然有点发烧。在房间睡了一天，吴江又买了一兜退烧药送来，隔天好歹是不烫了，只是稍有些乏力。王春荣看她好多了，打算留她在房间再休息一下，自己约吴江出去买张新手机卡。

张晴这感冒来得很是时候，王春荣以为自己到北京是来谈恋爱的，没想到变成亲子行，现在总算有机会和吴江独处。虽然她内心已经认定这男人，但总要独处一下，观察观察才更踏实嘛。午饭后，她还没来得及打电话给吴江，吴江的电话先来了："晴晴好点了吗？今天太热了，让她再休息休息吧，我先带你去个地方啊。"

"晴晴，你先休息，我出去一下。"把自己关在洗手间里一小时后，王春荣扔下一句话。张晴懒懒的"嗯好"还没来得及说完，门已经关上了。

房间很闷，但没开空调，脖子上的汗黏黏的，蹭在酒店的白色被罩上，张晴把胳膊从被子里伸出来，不盖被子也是一样的热。她摸摸自己被王春荣剪秃了的那块头发，几天时间，好像长长了那么点。

打开电视，暑假又在播《还珠格格》，皇阿玛正在电视上瞪着眼睛冲小燕子假意发火。父母们是不是永远当孩子什么都不懂啊？张晴想给自己在学校的好朋友打个电话，自己已经好几天没出现了，不知道大家着急了没。

王春荣顾不上管女儿这些没什么用的小心思，她是来北京为母女俩打点前程的。这几天她看吴江对张晴耐心又和气，在未来父女相处这点上早已经放了心，将来让张晴住校比较好。不知道吴江今天要带自己去哪儿呢，会不会是他家？

吴江等在宾馆大堂，两人看到对方都笑了。吴江神神秘秘的，说要带她去个好地方。那里容易堵车，所以坐地铁去。

从大望路地铁站出来，果然看到密密麻麻的车等在路口。王春荣过来的一路都心生疑惑，又想继续维持贤良乖巧的形象，也没多问。吴江带着她七扭八拐进了一栋写字楼，这写字楼的人口密度高得离谱，他们等了两趟电梯才上了八楼。

“来，这边。”吴江冲王春荣招手，引着她走到其中一间，门口没标牌，只写了818号。里面有人在大声讲着什么。她疑惑地看向吴江，吴江小声在她耳边说：“今儿咱来学学怎么赚钱。”他温热的气息吹到王春荣的鬓发边，她跟着他走进了这个房间。

818是一个极大的房间，已经密密麻麻坐满了人，上面搭起一个小讲台。王春荣只能跟着吴江坐在最后一排。她有点近视，但没配过眼镜，其实看不清楚台上的人，但房间最后也放了音响，确保房间里每个人都能听到台上的宣讲。音响边贴了一张巨大的海报，上书：

财富自由讲堂：纳米与未来

台上的老师姓李，先寒暄了一大通，说自己名叫世敏，和皇帝的名字差不多，虽然是没法做皇帝了，不过今天说的都是掏心掏肺的财富自由经验，也算“金口玉言”。台下众人哄笑起来。王春荣看了一下周围，有年轻的，也有老的，自己这样的中年人占多数。面前的小桌子上还有小面包和矿泉水。她正走神，吴江用胳膊肘碰碰她：“快看。”

原来李世敏邀请了一个观众上去，那是一个四十几岁的中年男人，墨绿polo衫扎进裤腰，一坨肚子柔软地坠在腰带上。李世敏向他提出疑问：“这位男士，您觉得自己这辈子最想实现的梦想是什么？”男人答：“财富自由！”

李世敏微微一笑，问台下：“有人的梦想跟他一样吗？”台下稀稀拉拉响起回应，他又大声问：“都不想实现财富自由吗？”这次台下有人带头大声回答：“想！”李世敏满意地点头：“对！没有人不想财富自由！那这位男士，您知道财富自由最重要的是什么吗？”看男人摇头，他接着问：“那您想知道吗？”男人对着话筒：“想！”

李世敏拿回话筒：“要知道今天也就不来了是吧？哈哈，好了您可以回去了，今天，我就是来解决大家这个疑问的！大家都听过马云吧，马云最重要的品质是什么？就是能看到未来。抢先一步，才能赚到别人赚不到的钱！现在最值得开发的未来风口是什么，是纳米！纳米技术现在已经成熟了，就差最后一步，推广！只要推广出去，就能像淘宝一样，家喻户晓！”

吴江听得很认真，他还带了一个笔记本，不时记录着。李世敏边讲着，边掏出了好几样产品。他宣称纳米技术可以用在所有生活用品上，每个人都需要。在日常生活中，就能通过纳米产品获得健康，产品怎么可能不受欢迎呢？内裤、鞋垫、护肤品、手环、项链、戒指……一应俱全。纳米技术尤其能解决那些难言之隐。他挤眉弄眼地对墨绿 polo 衫男士说，这内裤穿一段时间，绝对重振雄风。

但是，好产品需要好的推广销售，引领风潮才能实现财富自由。今天这是开放招商，有意向的人可以等宣讲结束后登记联系方式，大家都不用着急决定，论坛还会接着开五天，全免费，每天同一时间来，面包敞开吃，矿泉水敞开喝。

李世敏以一段慷慨激昂的话做了第一天的结束语："学历和出身不能束缚你，态度决定一切！我知道，在座很多人，到现在都没真正努力过，也没有试探过自己潜能的极限。你不尝试，就不用面对失败。但是！你不尝试，也就不能获得成功！不要被困住！社会从你手上夺走的，你要堂堂正正给它赢回来！不要畏惧你的年龄，不要畏惧社会加在你身上的标签！生前何必多睡，死后必定长眠！不怕千万人阻挡，只怕自己投降！"

被这氛围感染，王春荣也听了进去。这最后的一段话，每一个字都扎在她心上。她还没太懂这个纳米技术，但是，她喜欢这热烈的氛围。实际上，她也熟悉这样的氛围。

青镇有个小小的教会，王春荣是其中的得力干将。她也不知道自己信的到底是哪个派的基督，反正这比镇上装神弄鬼总说自己被上身的那个张大仙洋气。小教会一周做一次礼拜，场地就在王春荣小卖部的棋牌室里。每逢周日上午，她就把场地收拾出来，十来个人聚集起来，诵读《圣经》，听黄主教布道。

她喜欢那种时刻，只有在热闹的地方，她才能感受到辽阔。相反，如果独身而处，哪怕空间再大，她也觉得逼仄不已。818 房间被笼罩在热烈的人气中，让她感觉很舒服。

讲座结束后，王春荣还恍恍惚惚的，以为就要回宾馆了，吴江又说还要带她去另一个好地方。

“这可是北京最高级的商场，新开不长时间。”吴江带着她走过那个崎岖拥堵的路口，指向对面英文标志的商场——SKP。商场门口的门童穿着一套笔挺制服，轻轻向他们颔首。王春荣也急忙回点了一下头。吴江没睬门童，指着进去的第一家商店叫王春荣看：“看，刚才李老师的腰带就是那个牌子的。”王春荣依稀记得那裤腰带上是一个很大的H，她自学过一点英语。她朝那个橙色的门头看去，问道：“多少钱？”吴江冲她比出一根手指，她咋舌：“一千啊？”吴江笑着摇头：“再加一个零。”王春荣被这数字烫了一下，一万，自己的小卖部两个月也就赚这么多，还得供应一家人吃穿，人家全别裤腰上了。

吴江见她咋舌，更来了精神，又介绍隔壁一个G打头的品牌，说是叫“哭泣”，李世敏的皮鞋是那个牌子，上面也有标，得好几千。王春荣感叹他视力够好的，隔那么老远都能看见，又笑说：“怪不得叫哭泣，这谁买了不得心疼哭啊。”

王春荣平时在青镇，其实算个时髦人。她眼界心气儿都高得很，什么时兴她用什么，电脑和手机都玩得相当溜。青镇早年又产煤，有钱人也多得很，镇上豪车不少，离北京又近，在北京买房置业的不在少数。只是对镇上的大部分人来说，奢侈品是房产、是豪车，可不是裤腰带和皮鞋。

吴江听她这么说，笑了，那笑容饱含对无知女人的宽容。她哪儿知道什么是好东西。吴江对一楼的品牌如数家珍，带着王春荣在各家橱窗外游走了一圈。有一对矮胖的夫妻拎着大大小小的购物袋从他们身旁路过，王春荣看着他们身上的品牌标志小声问："这衣服也是'哭泣'的吧，这得多贵。"吴江又笑了笑，突然扭头叫王春荣："春荣。"

王春荣因这一叫心突地一跳，他又说："咱们有朝一日，也要过上走进来就能随便买的日子。你信吗？"

王春荣这一天屡受冲击，甚至忘了生病的张晴还在酒店没晚饭吃。和吴江逛了 SKP，又在地下一楼吃了饭，一路聊天，展望未来，快到酒店时，吴江突然说："待会儿等晴晴睡了，我们出去吃个夜宵？"这次，王春荣读到了他眼神中的信息，吃完夜宵，恐怕她就要跟他回家了。

张晴最近在电视上见到小燕子的频率，比见到王春荣的频率高出很多。王春荣一早就出去，有时候晚上也不回来，只留几十块钱给她吃饭。有两次是第二天中午才想起来送回来一点钱。后来，王春荣可能是嫌这样一天天给麻烦，干脆留了一千块钱给张晴。这对她来说是一笔巨款，拿到之后，她更不敢轻易出门。放在酒店房间里，她担心会被打扫的人偷走，带在身上，她又觉得自己身怀巨款会被抢劫。

北京如此大，张晴不敢出门，也不知道该去哪儿。她从未如此渴望上学，她太无聊了。

张晴也跟王春荣提过两三次，想借手机给同学打打电话。王春荣没给，她担心张小军知道她们在哪里，家里那台台式机上的所有历史记录都删干净了她才敢走的。张晴还想画画，却不知道该去哪儿买颜料。

把《还珠格格》倒背如流的张晴只敢经常去酒店附近的麦当劳坐着。十五块钱点个套餐，她就能在二楼坐上大半天。她从前顶多在春荣小卖部拿点辣条什么的吃，乍一开荤觉得裹着面包糠的鸡肉酥脆万分，十分香浓可口，下午太无聊时，她可能会再多吃一顿。汉堡、炸鸡和可乐逐渐成为她在北京的主要食物。

很多本地孩子也来这儿待着，放暑假了，他们不再穿着校服，都穿上了自己内心判定最酷炫的衣服。张晴尤其关注那些与自己同龄的少女。她们大部分都还未发育完全，只是初具女性特征，纤细又清爽，大部分是女孩子们聚在一起笑闹着，也有一些一对对的少男少女，明显在笨拙地恋爱。张晴疑心独自坐在麦当劳，穿着大T恤和肥裤子的自己看起来会像个怪胎。

这种猜测在某天得到了印证。那是一个极炎热的下午，端着食物的一对少男少女找不到座位，他们在张晴身边来回路过了三趟，终于，男生发问："大姐，你什么时候走啊？"张晴的脸轰的一声开始燃烧，她没回话，慌不择路地返回酒店房间。

她在内心仔仔细细复习了一整天男生的语气，那声"大姐"到底是不耐烦，还是单纯认为她年纪大？问题出在哪儿？是衣着，还是已经油了、被自己随意绑起来的头发？那簇被剪秃的头发被她妥善地藏在马尾中，应该看不出来啊。或者，是气质？那个女生偷偷在男生耳边说了什么？是不是发现了自己不是本地人，因为太土了？还是最近长胖了？裤子确实有些扣不上了。宾馆房间没有全身镜，张晴用手捏起自己腰间的肉，从前坐下来时，这里差不多是一指宽的肉，现在趋于三指宽了。

为什么要天天去吃麦当劳啊……张晴万分后悔。她决定第二天去旁边找个网吧上网，一定不能再吃了。

王春荣太忙了，她注意到张晴好像长胖了点，但这个年纪本来就很容易发胖，也正常。她感觉四十岁的自己又迸发出全新活力。在"财富自由讲堂"上完全部课程之后，她已脱胎换骨，北京真的是个好地方。是啊，何必限制自己的潜力呢？她一向知道自己不会就这么平凡地过完这辈子。

在和吴江打车去进货的路上，王春荣感到脚底有一种细微的瘙痒，好像自己要拔地而起。这种感觉多年没出现了。王春荣的前半生中，每逢重大节点，她都会感受到某种躁动，那是欲望幻化成风，穿过她的身体，从脚底开始轻扫全身的皮肤。

吴江正探着身体和司机聊天，他很兴奋，车里明明开着空调，但他额上却有一层细密汗珠。司机也是北京人，两人说得又快又密，舌头都赶不上话。青镇离北京很近，口音差异不大，但王春荣还是在这种枪子儿一样的聊天中，偶尔听不懂他们的对话。

王春荣仔细听，也没有什么具体的事，但话题渐渐转到“傻 × 外地人”，她有点坐不住了。吴江好像忘了身边坐着的也是这么一号“外地人”，口沫横飞地讲着那些在胡同里拍照的外地人如何如何傻 ×，他们把北京弄得多么多么乱，他小时候北京多么干净又安静。“外地人”好像是入侵他家的蟑螂，听上去，他恨不得用杀虫剂滋死他们。

往后，王春荣就会渐渐知道，出汗，这是吴江激动的前奏。现在，她只能假装没听见他们的对话，扭头看向窗外。这是极热的一天，车又堵在大望路口，穿过红绿灯的行人脸上现出油腻烦躁，而她坐在车里，今天还特地穿了裙子和一双中跟鞋，从青镇出来时，带了两个箱子一个包，属于张晴的东西全在那个包里。

旁边就是SKP，她还记得上次吴江带她去逛的时候介绍的那几个品牌，那个叫爱马仕的，她在心里偷偷叫它“哎妈是”，好便于记忆。她最喜欢橙色了，等办婚礼时，也要买上一个吴江说的最贵的皮包，找机会拿回青镇，让大家也都“哎呀妈呀”出来。

他们先搬了一后备箱货回去，其实有人可以送货上门，但这是一种“结业仪式”。每一个确定加盟的“家人”，都会收到一张精美的结业证书。他俩一起上台，由李世敏颁发结业证书。吴江和王春荣以家庭为单位共享一张，上面王春荣的荣被写成了蓉，又用笔划掉，在旁边加了一个荣字。台下有摄影师拍照，后续会洗了照片寄到大家家里。

王春荣给了吴江十万块钱用作本金，她给得义无反顾。她和张小军各自执掌财政权，并未有过真正的共同财产，和吴江一起付钱这种“你中有我，我中有你”的感觉很新鲜，她很喜欢。

“来，大家一起喊：赚大钱——”摄影师指挥道。

吴江和王春荣抑扬顿挫地跟着李世敏一起，大声喊出了这三个字：“赚——大——钱——”

张晴被王春荣从网吧拎出来的时候，整个人还沉浸在仙侠剧里。她尤其喜欢男二号那清晰干净的下颌线，过年放假时她就沉迷于这部剧，可惜开学时还没看完，现在终于能看个痛快。不仅能看完，还可以一遍遍重温。电视剧中每个人都身怀绝技，肩负重要责任，关心的是天下苍生。

她最近白天都在这家叫QQ爱的网吧里待着，在学校时她只被同学拉着去过网吧一两次，总觉得那是坏孩子行为，现在她深深知道互联网的魅力是什么了——只要你想看，你就能找到一切，就像那个电视台的广告一样，“身未动，心已远”。如果你愿意，还能重复看很多遍。

王春荣对这些前因后果依然没兴趣，只是简单判定去网吧是“坏孩子行为”。今天，她打算和吴江一起，帮张晴搬到离吴江家更近的招待所去住。那是一家更便宜的招待所，每天住两三百块钱的快捷酒店也不现实，王春荣已经去看过了。长租的话，地下室一天二十块，地上的一天五十块，厕所要去房间外面上。没办法，吴江家所在的胡同就紧挨着雍和宫，实在太核心了。让张晴住远了，她也不放心。

可能张晴要克服一阵子，过渡一下，很快情况就会好起来。

王春荣不是没想过把张晴也带到吴江家去，吴江住的房子虽然位置好，但着实小了些，院里住了三家人，他那个房间拢共就三十平方米，多年来堆积东西无数，除床以外的空间，都不怎么转得开身子。货已经都提到家里了，更是又占了一半空间。

王春荣找到张晴前，刚从胡同口把货卸进家里，床下柜顶都塞满了，自己都这么忙了，王春荣觉得张晴太不懂事了，刚找不到人差点急死，后来才在房间发现张晴留了一张字条，语焉不详地说自己在附近，待会儿就回去，王春荣找了附近几个地方才找着她。

就不能乖乖在酒店学习吗？虽然暂时没法给她办入学，可是功课不能落下啊。等过阵子没那么忙了，就可以领结婚证了，到时候把张晴的户口直接迁过来，就能在北京上高三了。王春荣还没仔细了解过政策，不过吴江说，实在不行，也有一些私立的高中能上，反正有了钱，怎么不行啊？所以她心情整体不错，管教是要管教，但不用那么严厉。

“晴晴，还是要注意学习。今天另外给你找了个住处，待会儿回去给你搬一下。再看看缺什么再买点。”

王春荣说完这话，张晴消化了一下。为什么是“你”，不是“我们”？从感冒一场之后，她就再也没见过吴江。马上开学了，看来，自己是不可能回青镇去上学了。已经高三了，她本来打算上个北京的二本的，她有把握自己能考上。

但是王春荣就这么不由分说把自己带出来了。

张晴总觉得，王春荣在跟自己说话时，目光根本没有停留在自己身上，两人之间好像有一面镜子。王春荣看到的是自己，她是在跟自己说话，她听到的回应是她已经提前想好的。张晴像对着一个盲人、一个聋子、一个只能看到镜子的人。张晴犹豫了一下，什么也没说，跟着王春荣去了新住处。

虽说在内心给自己做了点心理建设，去了招待所房间，张晴还是心惊了一下。蜿蜒的楼梯下去之后，是一个昏黄的楼道。天气实在太热，即使走到地下，也只是多了一点潮湿的闷，并没有变得凉快。可能是太热了，所以有好几户人家敞着门在通风。她偷偷往里瞥了几眼，大部分都是半裸的男人。

房间里有股常年散不出去，霉上加霉的味儿。只有一扇在地上露了一半的窗户，零星漏进来点阳光。卫生间倒是有一个，只是简单地和生活的空间隔开，就在房间里设置了一个蹲坑和简陋的淋浴。搞不清是厕所在房里，还是要生活在厕所里。

房间里除了床和一个像茶几的东西，几乎没别的，缺什么？什么都缺。在附近小卖部买了脸盆、暖壶、烧水壶和一些洗漱用品，张晴跟在王春荣身后拖拖拉拉往房间走。怪不得去了网吧也没被骂，大概王春荣也知道这房间住着不怎么舒服。她又想起自己高中住校时，是张小军和王春荣一起去送她的。

张晴考进高中时成绩很不错，在年级里排得上前三十名，所以进了重点班。那是父母跟她第一次整齐出现在她上学的地方。张小军仍然是沉默的，到了张晴宿舍，他默不作声爬到分配的上铺去，用带的旧抹布擦了一阵，然后铺上了褥子。王春荣也像今天这样，带着张晴去买了生活用品。虽然家里有小卖部，但王春荣懒得帮她提前打点这些。

她知道自己的家在别人看来没有什么异样，她也是长大之后才发觉异样的。张小军是真的不关心她，王春荣呢，只是看起来关心她。可能自己就是这样，没有什么人爱吧。

把张晴安顿妥当，王春荣觉得又完成了一件大事，心情很不错。回吴江家的路上，她给小叶打了个长长的电话，走时她没跟小叶多说什么，她俩之间不需要太多话，彼此都懂。听到她心情这么好，小叶也很开心，两人聊起前阵子王春荣去的动物园批发市场，衣服便宜，款式又多又鲜亮，王春荣提议，小叶也应该来逛逛，之前就念叨着想改行弄专做红白喜事的歌舞团，也在做准备了，正好过来，挑点衣服，回去就能开张了。

这是个好主意，小叶马上应了。三天后的上午，当她出现在六里桥站，王春荣早早就候着了。

这是两人第一次一起上街。在青镇时，小叶很少出门，她倒不是怕别人的眼光，只是烦。男人看她，仿佛随时可以掏钱买她；女人看她，眼神中都带着居高临下和忍不住的好奇探究。自己也是人，在别人眼神中变成动物，干脆不出门，何必自找不痛快。王春荣是小叶唯一的朋友，但她们的交往是秘密的。王春荣永远从小叶门面的后门进出，小叶也几乎没有在春荣小卖部出现过，直到小卖部拆迁，她都没有踏进去过第二次。这是她们的默契。

小叶只在一个炎热的夏天午后闯进春荣小卖部一次，都是十多年前了吧。那时候小卖部刚开业，去的人还没那么多。小叶的卫生巾用完了，她痛经疼得厉害，好不容易从床上把自己拔起来，小腹里像坠着一块温热的大石头，一步一挪到了离自己最近的小卖部。王春荣看她脸色不对，又听她说要买卫生巾，明白了是什么事。小叶买好转身离开，她刚巧穿了条白裤子，溢出的血迹濡湿了一大片。王春荣叫住了她。

王春荣让小叶等一下，从里间拿了一条裤子，又抬下巴示意她去厕所换。两人谁都没说话，却都感受到了空气中流淌的那丝默契。后来，王春荣去小叶家取了裤子。闲时，两人就关在家里聊天，小叶曾跟老板们去过很多大城市，她详细描述着北京和上海的繁华，王春荣百听不厌。

现在好了，王春荣自己来了北京。北京真好，真自由。良家妇女和做皮肉生意的一起出现在大街上也没人会议论。

把行李放到张晴住的地方，王春荣就带小叶出来了，张晴最近也玩够了，王春荣嘱咐她在房间里复习，反正动物园她也去过了。

服装档口的老板娘嘴甜得吓人，连连称赞王春荣身材也好，皮肤也好，洋气得很，像北京本地人。四十岁了？完全看不出来啊，骗人的吧，一定才三十几岁。王春荣心中暗喜，又要装作不在意，一腔被甜言蜜语灌满的热情无处发泄，只好怒买了好几件衣服。

酣畅淋漓地逛了一天，小叶的脚上都被磨出两个大泡。王春荣本想叫吴江和小叶一起吃饭，他拒绝了，在家对着电脑整理通讯录，说自己要提前做计划。王春荣内心有点失望，她很想让小叶见见吴江，但他有这么强的事业心也是好事。她有样学样，自己把小叶带去吃烤鸭。

小叶年轻的时候也来过北京，那时候青镇正挖得如火如荼，煤老板们每天一睁眼就能赚到有人一辈子都赚不到的钱。有个煤老板很喜欢她，带她来北京玩了一圈，两人住在友谊宾馆，情浓时老板说："小叶，你给我生个儿子吧。"小叶甜甜地答应着。她根本生不出孩子，生个屁儿子，打胎早打坏了。

烤鸭还是那么好吃，王春荣还叫了两瓶啤酒，两人举杯互碰，大大喝了一口。烤鸭被片得齐齐整整码着，小叶一直拿鸭皮蘸白糖吃，油脂和糖结合出无与伦比的香气，她眯起眼睛享受，像一只甜蜜的猫。王春荣对她说了自己这番观察，小叶回嘴："是偷了腥的猫吧！"王春荣笑着推她："那你不能是猫，你就是腥！"两人放声大笑，隔壁桌的人奇怪地看了这两个中年女人一眼，两人又互使眼色让对方小声，终究还是没忍住，又笑了一轮。

奇了怪了，来了北京之后，好像就更容易快乐，小叶用凉凉的啤酒杯贴着脸："我觉得，你变好看了。"王春荣这一天都快乘着这些夸奖飞上天了，还在半空中挣扎着推托了一下："哪儿有？"

"真的，怎么样，是不是受到滋——润——了——"小叶特地拖长尾音，冲王春荣挤眼睛。

王春荣一时五味杂陈起来。她本来有些难以启齿，现在小叶主动提起，她也不吐不快。从她到北京以来，吴江对她产生兴趣的次数，屈指可数。两人睡是睡在一起，通常以吴江激情演讲一阵未来愿景后就陷入昏睡为每天的结束。他睡得极熟，王春荣常常在睡不着的深夜，轻轻靠过去，从头到脚贴住他，他不像很多男人那么臭，味道很淡，如果仔细嗅，有点像钱的味道，微微腥气的铁锈味。

当然，这些细节王春荣并不会对小叶讲起，她只是疑心自己由于之前多年未有经历，导致技艺生疏，才让吴江丧失了兴趣，于是想向小叶讨教一番。小叶自然是倾囊相授。在烤鸭店，两人又叫了几瓶啤酒，还好桌子间隔着不近的距离，不然邻座听到这充斥专业技能的限制级话题是要惊掉下巴的。

聊到后来，王春荣感叹，和男人相处怎么如此之烦，尤其他们一到中年，萎靡不振，令人失望。小叶也赞同，她见过的男人丑态百出，能出本大全，酒有点上头，她抓着王春荣的手："你要是男人，咱俩就一起过得了。"王春荣回："你等我赚了钱，在北京买了房子，说不定也能把吴江甩了，到时候你就来，我家就是你家！"

两人当然都知道这番话只是图个嘴爽。在青镇时，王春荣偷偷羡慕过小叶，她做什么都没人觉得奇怪，她特殊的身份让她脱离了规则。小叶也羡慕王春荣，一个正常的女人，虽然四十岁了，还有机会重新选择人生。

一直没人主动提起张小军，新生活开始了，不需要再想那些令人不快的事情。反正他只是象征性地问过小叶后，就再也没有试图寻找过母女俩。

啤酒杯又碰在一起，这顿饭吃完，各自奔前程。

小叶走的时候，王春荣去送她，她又叮嘱了王春荣几遍，一定要让晴晴早点上学。张晴是她看着长大的，有时王春荣在很忙的时候，会偷偷把张晴送到小叶家让她带一会儿。小叶还坚持转了两万块钱给王春荣，说要认购纳米产品，但是货先放在北京代存。她现在要着手准备歌舞团开张，没时间当他们的代理商。

小叶来北京后，才仔仔细细了解了王春荣和吴江现在在做什么。她见惯风浪，总疑心这么好的买卖像掉馅饼。所有异乎寻常的好东西，都迟早会要人付出代价。但王春荣如此意气风发，她也不好泼瓢冷水。各人有各人的缘法，父母尚且不能左右子女的人生，她也就不多嘴了。

小叶这笔钱一到账，吴江总算是开张了。他很兴奋，连说虽然只是小钱，小叶也不肯当代理，但开张了就是好兆头。王春荣听着总是有点不舒服，但她好就好在身段极灵活。该泼辣时横得起来，该柔顺时也能低眉顺眼。此时，她全仰仗吴江在这偌大城市扎根，没必要找碴。更别说，因这“开张”，晚上吴江静悄悄地把手伸了过来。

他的体温不像张小军那么高，甚至有点凉，冰凉的、绵软的男人。但好歹是个活人吧，她闭上眼睛用手环住吴江的背，摸到他的蝴蝶骨。

那里也有一个刺青。是一个很复杂的图案，他说那是一个美国摇滚乐队的专辑封面改的，一个小男孩随着一张一美元钞票沉入海里。吴江年轻时做过乐队的贝斯手，一种王春荣没听过的乐器，他手指上的刺青就是他们乐队的名字：活兽。她问他什么意思，他说："活受罪呗！而且，人不也是种活着的动物？"这倒是很有道理，只是王春荣认为动物比人简单，还活得更痛快。她还记得小时候第一次看到牲口配种，快速精确，肆意妄为。

那刺青是吴江年轻时兽性的见证物。现在，这个四十五岁的动物已经从王春荣身上翻下去，迅速睡过去了。他刚刚嘱咐王春荣从明天开始，多多联系以前认识的人，发展点代理，也和周围邻居搞好关系，闲着是等不来钱的。

她打算明天开始，每晚都加入旁边的广场舞群，先摸摸那些女人的底。

张晴已经连续一周，每天只出门一次了。她不想打开门走进昏暗潮湿的楼道，地上总湿湿黏黏，她还疑心那令人窒息的味道里有排泄物存在。更不用说还总有半裸的男人从门后射来毫不避讳的视线。她每天睡觉都在椅子上放上脸盆，然后紧紧抵住门。

王春荣隔几天会来一次，看看她在干什么，送点吃的，还给她买了一盏"学习用的台灯"。张晴不抱希望地提出，能不能买一台笔记本电脑或手机给自己，王春荣当她在说梦话，不学习等明年上了北京的高中就跟不上了，一定要每天都复习。王春荣让她放心住着，说自己已经跟招待所老板娘打过招呼了，平时会多关照她，这里很安全。

张晴每天会在一次出门时，买齐全天的食物。一般都是泡面、饼干和一些火腿肠。她还是会路过那家麦当劳，每次走过都活像被烫到一样快速通过。一开始，她还能保证自己不吃晚饭，但隔绝于世的感觉太空虚，到第七天，她把一整天的伙食在十二点前就吃光了。

胃胀得厉害，心却很空。她又出去采购了一趟。这一次，她试图买些自己没那么爱吃的食物，想着这样就能少吃一点了，于是选择了好几个甜面包，这些甜津津、一进嘴就瘪掉的东西实在没什么吃头。但在桌前勉强看了一小时书之后，她还是把手伸向了装食物的塑料袋。她用牙撕扯、咀嚼、吞咽……然后用水快速把这些东西顺下去。她机械重复着这几步，直到五个面包通通消失在她胃里。

五个包装袋像尸体一样横陈在地上。回过神来的张晴急急忙忙把它们都投进了垃圾桶。这是在干什么呢？吃下去的东西都是会变成肥肉，让自己变成“大姐”的！

为了遏制食欲，第二天张晴偷偷去了网吧。一整天，她只喝了两瓶冰红茶，她不停看电视剧，女演员们多瘦多美啊，她们的身体在宽大戏服中，依然显现出清晰的骨骼轮廓。最瘦的那个和张晴最喜欢的男配角是一对，她的锁骨极精致，就像精心雕刻的艺术品。

这样几天过去，睡醒后，张晴突然感觉自己腹股沟处很痒，出了好些疹子。她无法遏制地将这些疹子和她前一晚做的梦联系在一起，梦里那个英俊的男配角出现了，那是她这辈子第一次离男性那么近，虽然只是在梦里。她记事起，就不记得张小军抱过自己。

长了疹子之后，张晴连网吧也去不了了，她没办法在公共场所挠痒处，这尴尬的所在让她也无法开口向王春荣求助。一开始只是细密的剧烈瘙痒，挠破后，淌出了黄色的液体，甚至会浸湿内裤边缘。

只有食物能让她短暂集中注意力。食物构成了她的世界，她钻进面包里、饼干里、泡面里，添加剂味道的速食也钻进了她的脑子、她的毛孔里，她依恋又恐惧食物。这么吃了一阵子之后，她尝试在吃完后把食物吐出来，她因此在这个半地下的空间里，重新获得了一些安全感。

地面上的王春荣也在连续几天专注一件事。她瞄上了附近的广场舞群，五点半开始，八点结束。

原本胡同里没有地方能跳得开舞，但最近旁边新建了一个文创园，舞团占据了园区旁边一块无人认领的空地，领队每天五点半就扛着小音响前来占位。

园区试图派人来交涉，被领舞大姐好一顿数落："这是公共空间，哪儿有不让人用的道理，五点半了，也该下班了，你谁啊？"小伙儿试图回应身份问题："我……我是园区……"大姐打断："别我我我的，你甭说，我知道你谁，资本主义走狗吧，天天加班加不够是怎么着？你们不想享受生活，我们还要过正常日子呢。上班是正经事，跳舞就不是啦？你回去问问你妈，干那能把你生出来的事，算正经事不算？"小伙儿脸通红，大姐这逻辑没毛病，几次碰壁后，园区也没人再来找不痛快了。

王春荣最先看好的目标人物，就是这位五十来岁的领舞大姐。她身段儿苗条，烫了一个狂放的爆炸头，脖子上一条金项链，胳膊上一个大金镯子，脚上一双镶水钻的名牌球鞋，王春荣在 SKP 见过这两个 C 缠一起的标志。大姐整个人金光灿灿，仿佛一只矫健的母狮。她好几次跟大姐搭话，通通被大姐无视。大姐在北京有几套房，还待在胡同里，是舍不得这帮老街坊，也是享受当领队跳舞的乐趣，谁想搭理王春荣这臭外地人？

大姐这态度没让王春荣气馁太久，她从前虽然只是在镇上开小卖部，但好歹也算个做生意的，每天迎来送往，这点心理素质还是有的。她连续几天努力学习，试图跳到舞团中心位置，获得大姐的青睐。可惜她跳起舞来，就像裹着肉的木偶，实难恭维。大姐看她天天热情高涨地在自己面前舞，早就烦了，等王春荣第三次在结束后凑上前来参与大姐和老姐妹们讨论上哪儿逛街的话题时，终于忍不住发难："你谁啊？"

王春荣以为她是真心提问："我是隔壁吴江的……"

"谁啊，吴江谁啊，不认识！我们这是熟人局，您找您的熟人去，我们不欢迎新朋友，您听懂没听懂？"

王春荣当然听懂了，她没当场掉脸，硬是打了个哈哈，直到走回房，才小声骂了一句无比之脏的脏话。

趁吴江心情好时，王春荣也略略抱怨过两次。吴江没什么反应，要是难度那么低，一聊一个准儿，那这事岂不是谁都能干？人跟人之间，比拼的就是意志力，换言之——脸皮厚度。他自己最近也着急上火，哪儿管得了王春荣。

他给自己认识的人按照经济能力制作了一个金字塔图，塔尖儿上最有钱的，自然是自己那早早出国定居的亲哥亲姐。中国和美国有十二小时时差，他每天能联系哥哥姐姐的时间有限，得抓紧跟他们沟通。这所谓沟通，就是进行电话和微信轰炸。

在此之前，吴江已经和哥哥姐姐多时不联系了。两年前母亲去世后，吴江就不想再搭理他那占了便宜还卖乖的哥哥姐姐了。年少时，他们都用着家里的钱，出国读了书，只留了吴江一个在国内。

二十五岁前，吴江认为自己永远不会老。乐队的主唱确实没变老过，在吴江二十六岁那年，主唱言子在一次演出后的聚会上喝大了之后“开天窗”，挂了。吴江自己不沾那些成瘾的东西，他还有点底线。或者说，因为他是无人注视的贝斯手，所以他不必去做更多让自己显得更酷的事。言子的死让活兽也死了。玩儿不下去只能解散。

吴江刚在家待了没两天，琢磨着以后干吗，父亲突然中风了。自此，吴江没再工作过。城里还有两套房能收租，他不需要工作，他就在家里和母亲一直照顾父亲就行。哥哥在华尔街，姐姐在常春藤，他每月去银行取他们打来的生活费。

在连续几次恋爱失败后，他恨上了那两个假洋鬼子。给钱了不起吗？有本事回来端屎端尿。但现在不是计较这些的时候，越王勾践连屎都吃得，自己只是端屎端尿十几年，没啥，钱要紧。

王春荣准备将业务开拓到隔壁出租房的小姑娘头上。她可没那么容易放弃。

姑娘看着不大，二十出头，总在每天傍晚的时候，穿紧绷的小裙子，涂血红的口红出门。吴江每次看到，总要叽叽歪歪两句，今天说她这么晚出去，肯定是卖的，明天看到她深夜好像也回来了，就说她不是卖的就是果儿。这词对于王春荣来说是陌生的，她问过吴江“果儿”什么意思，吴江笑而不答。

之所以接近这姑娘，王春荣是论证过原因的。她年纪不大，但花钱租在这么核心的位置，家庭条件应该不错，如果真像吴江说的，从事些不可言说的职业，那手里应该还有点钱。

这一天，王春荣在只有一尺宽的厨房里精心包了猪肉白菜馅儿饺子，煮熟给姑娘送了过去。她敲开门时，对方脸上犹存刚睡醒蒙蒙的劲儿，没化妆，加上眼睛肿了一圈，看起来也没比张晴大几岁。王春荣脸上饱含蓄势待发的热情微笑：“姑娘，阿姨煮了饺子，给你送点。”

她首先自称阿姨，是经过精心考量的。平心而论，王春荣觉得自己看起来也就是个“大姐”，远没有到阿姨的份儿上，但母性是可以俘获人心的。

“阿姨好。谢谢您啊。”姑娘揉揉眼睛，看清楚眼前的人之后，差点被这甜笑腻到。

王春荣还没走的意思：“你看，做邻居这么长时间了，阿姨还不知道你叫啥……”

“啊，阿姨，我叫林杨，不好意思啊，一直也没去拜访您和叔叔。还麻烦您送饺子来……”

“没事，阿姨看你平时都自己一个人，肯定也吃不好，今天包了饺子，就说给你送来点。你是北方人吗？不知道吃不吃得惯。”

“我是河北人，肯定吃得惯，我妈也总给我包饺子。”

“那就好，阿姨也有个女儿，正在准备考大学，看着你就想起她。你一个人住，可得注意安全啊。”

“我知道啦，那个……是不是我回来晚了，打扰你们了？我晚上都在附近演出，结束得有点晚，不好意思啊。”

“演出？你是明星啊？”

“哈哈哈，不是，我们就自己做个小乐队，我是弹吉他唱歌的。”

“好厉害啊，有机会阿姨也去听听。”

两人聊到这儿，彼此都知道该结束了，王春荣往后退了一步，冲林杨扬扬手：“快回去吃吧，还热乎。”

林杨乖巧点头，关门回屋。她觉得王春荣还真是个挺时髦的阿姨，自己妈妈可完全不能理解读研期间，自己在这儿搞什么幺蛾子乐队。中医药大学的中医学硕士和朋克乐队的主唱，完全不搭嘎的两个身份嘛。

王春荣自认初战告捷，回到吴江家，他正吃饺子。他嘴很挑，正龇牙咧嘴嫌王春荣放多了葱。在短暂几周的共同生活中，王春荣已经习惯了这人的碎嘴，并听而不闻。

镇上比北京安静，在家时，张小军基本上不说话，因为过分地安静，她偶尔会听到自己的心跳，怦怦、怦怦，单调，空洞，催促她去热闹的地方。在王春荣还年轻时，每过一阵子，她就会主动挑起纷争，引逗张小军和自己吵架。他会短暂地变得雄辩，那沉重的黑压压的脸上，露出些许狰狞的表情。王春荣不怕吵架，总比死寂强。

所以吴江的碎叨她不至反感，碗里倒上醋，王春荣也坐下吃饭，说起了林杨："原来隔壁那小姑娘晚上是出去演出的。"吴江一怔："演出？"随即又换回混不吝的表情："她说你就信啊。那么晚，肯定是鸡。"

王春荣有些恼，没忍住杠了回去："人家说是乐队弹吉他唱歌的，你不是也做过乐队？"吴江不屑撇嘴："女孩能做什么乐队啊，瞎他妈闹。"女孩就是圈子里的漂亮玩意儿，他不相信她们不攀着谁，能在圈子里混稳。虽然那圈子，他也早陌生了。

张晴自然不知道王春荣还给隔壁的林杨送饺子，她还没去过吴江家。王春荣也没想着带她去看看吴江家，也没什么特别的原因，就是忘了。张晴不但吃不上饺子，还快饿晕了。

她已经好一阵陷入吃撑——呕吐——坚持不吃——吃撑——呕吐这样的循环中，其他时间，都押着自己在桌前试图学习，没学几分钟，又被瘙痒引走注意力。除了腹股沟，张晴的头皮也长出不少疹子，她为了阻止自己反复挠头，绑起紧紧的辫子，潮湿钻进了她绑起的头发里，生出了更多疹子，她只能把发圈扯下，又开始挠头。这让她整晚无法入睡。

终于，在一个整个白天都没吃东西的晚上，张晴背上一阵阵出汗，她晕晕乎乎地喝了些水，仍然感觉很想吐，又去干呕了一阵。她在床上躺了会儿，觉得自己随时会失去意识。

这种感觉有点熟悉，张晴努力回想，哦，是十岁那次。当时家附近有个矿坑塌了，强烈的余震波及了青镇大部分地方，她一个人在家里睡午觉，醒来的时候，已经是傍晚了。青镇的傍晚总是昏黄，夕阳里混杂着细小的煤渣。她穿了拖鞋，正要起身，感觉在床上被荡了一下。哗啦啦，桌上的杯子碰到台灯，桌子撞到椅子。张晴用力吞咽心跳声，想起学校教过的，“地震了躲在桌子下”。她感觉自己躲了好久好久，直到院子里有沸腾的人声，还有哭号。有人的家属被埋在煤里了。她期待王春荣赶回来看看她，没有，因为“这不没事嘛”。她不知道该怎么诉说，那个躲在桌下的时刻，她觉得自己要死了。

现在，已经十七岁的张晴突然很生气。她用手撑着墙挪到门口，在打开门的一刹那，她彻底失去了意识。

等她再醒来，眼前是一个女人的脸。有些陌生，张晴有了一个可笑的念头：“难道我失忆了，已经不认识我妈了？”看她醒了，女人很高兴，急忙叫她：“闺女，你醒啦，还好吗？”又赶紧到病房门口去喊医生。

哦，这不是我妈。张晴确认了。她还很累，又闭上有些酸涩的眼睛。医生过来看了看她，跟那女人说：“你女儿没事啦。就是饿太久了，又没休息好。再休息会儿就能回家了。”张晴先一阵安心，自己不会死，正要纠正医生这不是自己妈妈，有个拿着几瓶水的少年走过来叫：“妈。”

女人和少年对张晴自我介绍了一番。原来他们也住在那家招待所，昨天刚入住张晴隔壁的房间。今天刚从外面回来，就遇到晕倒在门口的张晴，赶紧把她送医院了。少年小安把手上的水递过来：“我买了常温的，你喝一点吧。”安妈妈过来帮忙把张晴的头垫高，又给她喂水。

张晴还蒙蒙的，喝了两口，突然哭了。眼泪爆炸在她脸上，她难以抑制呜咽的声音，又觉得很丢人，小安有点被吓到，急忙掏出包纸巾塞给她。安妈妈也没多问，只是轻轻拍着她的背给她顺气。过了大半天，张晴的眼泪终于止住了，她瓮声瓮气地对安妈妈和小安说："谢谢哦。"安妈妈笑了："你叫什么名字？你家长呢？"

张晴回道："我叫张晴。我没有手机，您有手机吗？我想给我妈打个电话。"

王春荣急匆匆赶到医院时，安妈妈也还在，她刚买了一碗清汤面条，看张晴还有点浑身发软，坚持要喂给张晴吃。王春荣在电话里大概知道了张晴的情况，现在看到这看起来土不拉唧的陌生女人跟自己女儿一副母慈女孝的样子，生出一些反感，先把脸冷了下来。

张晴看到王春荣，叫了声妈，嘴一撇又要哭。王春荣也没急着安慰，先对着安妈妈客客气气说："谢谢你啊，这面多少钱？我把钱给你。"

安妈妈急忙摆手："不用不用，张晴妈妈，你来了，那我就先走了啊。张晴再过几小时没事就可以出院了。"她又轻轻拍了一下张晴的手："阿姨走了啊。"张晴抽泣着点点头。

张晴当然不敢跟王春荣说她是因为吃吃吐吐的事搞到晕倒的，只说自己是学太久没吃饭，可能低血糖了。都到医院了，她也不堪奇痒，顺便看了一下身上的疹子。医生问："是不是周围环境太潮湿？"她偷偷看王春荣一眼，小声答："有一点。"

幸好只是普通湿疹，攥着开的两管药回到招待所，王春荣又一路无话。张晴也不敢挑起话头。从小就是这样，王春荣一旦有心事，就视张晴为无物，不说话、不看她。张晴始终难以判断她到底是生气了，还是烦了，或只是看不见自己。她只好每次都冥思苦想，到底哪个环节出了问题，才令她生气心烦，或者，是自己的存在本身？

进到房间，王春荣终于开口了："今晚我在这儿陪你。你涂了药好好睡觉，学习也不能太拼命。"张晴很羞愧，自己根本没有学习，等明年上了北京的高中，真的跟不上怎么办？但这一晚，她睡得很好，没注意到在她身边的王春荣一晚上都没合眼。

睡不着对王春荣来说倒不是稀奇的体验，总有事情让她睡不着。在青镇时，她因为无处安放睡不着；来了北京，又因为心事漫溢睡不着。她在夜色中，看着张晴白白嫩嫩的侧脸，轻轻摸了摸。张晴跟张小军长得毫不相像。这在青镇或许是公开的秘密，在那儿没有什么真正的秘密，大家都血肉相连地粘在一起，往上数几辈，家家都互为亲戚，谁还不知道谁几斤几两呢？王春荣又凑过去，闻了闻张晴的味道，她的头皮上了药，有种凉凉的药味，夹杂一些枕头上潮气的霉味。这地下招待所怕是不能再继续让她住了。

王春荣出来的时候，手上没有太多钱。小卖部要被拆掉时，张小军放弃补偿一套门面房加一些钱，坚持要全额拿补偿款。王春荣跟他闹也闹了，找镇领导说也说了，镇政府的楼都快被她踏破了。镇领导看到她就头疼，最后一次她去找，对方摸着脑袋叹气："那你们家到底谁是户主？户主说了算，你找我也没用。"

户主当然是张小军，再加上当年王春荣和张小军根本没领结婚证，这房严格来说只属于张小军。但用门面房换了钱，王春荣就再也开不了小卖部了。她已经守了这个店十几年。

最初，这只是一座临街的破房子，是她一点点布置上货，填满了小卖部。干小卖部的活，累当然是累，常年上货让她腰肌劳损。

每天打开门，她总幻想，今天谁会来买东西？会不会有什么特别的事发生？靠着这点念想，她又一步一步把小卖部变成了大家打牌聚会的所在，春荣小卖部是青镇这几条街的社交舞台和八卦集散地。王春荣是女主人，是人际纽带。赚多少钱倒在其次。她不能失去小卖部。日复一日，王春荣本来都已经快要接受自己将像一颗铁钉一样，被一锤一锤凿进这种生活。

等补偿款发了，王春荣知道，张小军一分都不会吐出来。张小军有多少钱，没人知道，他弄那么多钱到底干什么，更没人知道。他爸张老三死的时候，家里到底还有多少钱，最后都去哪儿了，张小军的姐姐探问过无数次，张小军咬紧牙关，绝对不说。张小军由于不举，缺乏对王春荣必要的制裁方式，所以无法把她治得服服帖帖。他只好选择经济手段。

平时王春荣自己的吃穿用度，都靠小卖部的进项顶着，她不愿意靠向张小军讨钱为生。

当年嫁给张小军，是个彻头彻尾的错误。王春荣又一次在内心狠狠责备自己。张老三有个小煤窑，她早就盯上了张老三的儿子张小军。当时煤价疯涨，张老三祖上就是挖煤的，他自己胆大心细，赚了不少钱，早早就给自己家买了彩电、冰箱。

她和张小军年龄差不多大，当时有人偷偷在镇上组织舞会，她注意到他的眼神会扫向自己。张小军的妈死得早，只有个爹，没妈，这意味着王春荣没有婆婆，张小军真是绝佳人选。家里没人有空给王春荣打算，她从小就习惯了自己给自己打算。

舞会上，王春荣悄悄靠近了张小军。这本就是荷尔蒙飞舞的场所，灯开得很暗。王春荣瞄准了张小军的位置，脚下一拐，半个身子就倒在了他身上。

王春荣和张小军结婚没多久，小煤窑都要收归国有，张老三能在青煤得个不错的位子，当时她认为这岗位会世袭，愈加意气风发。美好未来让她忽略了张小军的毛病，这日子凑凑合合也能过。

谁知张老三是个死老轴，在领导班子里人人不待见。后来矿上的煤渣被偷运出去倒卖，查出来之后，张老三就被推出去顶了包。他当然不认，死都不认，可有什么用？被开除公职之后，他郁积成疾，没多久就肝硬化死了。

王春荣翻了个身。现在手上也就几万块钱，张晴如果在外面住一年，真得不老少。这事，该不该跟吴江商量呢？吴江会不会出点钱？她终于有了一丝睡意，失去意识前，她盘算着给吴江做一顿好饭，再好好说道说道张晴住哪儿的事。

王春荣陪张晴吃了早饭，回到吴江家时，感觉到气氛不太正常。她内心有些窃喜，自己走一晚上他就这么介意，真是没想到。她上去搭话，吴江依然冷冷的，她按着吴江平时的习惯，去泡了杯茉莉花茶给他。

滚烫的茶水蒸腾出水汽，她往坐电脑前的吴江旁边一放，轻轻戳了他一下：“喝茶呗。”吴江不睬，她又戳。吴江突然大怒，站起来哗啦一声挥走热茶：“他妈的喝什么喝，你用开水烫死我得了！逼逼赖赖的，烦不烦啊！滚！”

这怒火给王春荣点了穴，她一时无从回应。吴江的怒气毫无铺垫，如果“滚”的话，要收拾行李吗？滚了之后去哪儿呢？小叶的钱是不是得要回来？她还没得出结论，吴江已经把门甩上，自己出去了。

让她滚的人自己滚了，王春荣有了可以仔细思考的时间。昨天自己接到张晴电话的时候，还跟吴江好好的，她环顾了房间，和走的时候没有两样，然后视线停留在吴江还未关机的电脑上。那是一个对话框，她回身看看门，吴江可能一时不会回来，然后小心坐下，往回看了看聊天记录。

是吴江和他姐姐的聊天。吴江劝姐姐拿五十万人民币给纳米保健品投资，姐姐发了一些王春荣根本看不懂的文件，好像是讲纳米的用途的，说他说的那些神奇效果都是编的，他肯定是被骗了。两人已经就这件事聊了好几次。一开始姐姐还很有耐心，听到吴江把另一套房子卖了之后非常生气。吴江也渐渐失去了劝说的耐心，聊天停留在姐姐细数吴江从小干了多少蠢事，吴江骂姐姐是假洋鬼子的对话上。

还好，吴江这火不是冲自己。王春荣放了心，这就好办了，男人嘛，待会儿等他回来，哄哄就好了。她心情稍稍放松，收拾了地上打碎的茶杯，准备下厨做点吴江爱吃的菜。他喜欢葱爆羊肉和炸酱面。

王春荣不愿意让琐事影响自己和吴江的关系。她好不容易在四十岁这一年，找到了可以依靠的男人。她总记得吴江那句："我之前过的那根本不能叫日子。你来了，才有了日子。"

过阵子，就是她四十岁生日了。这段关系具有里程碑式的意义。她从青镇离开，已经用光她储备的勇气，她暂时不能也不想改变现状。

不过，最近自己在拉客户上实在没帮上吴江多少忙，王春荣一边做饭，一边在内心又把自己在青镇能联系上的人盘了一遍。其实结论很简单，有钱又能拉下线，还不会把自己在哪儿告诉张小军的人只有一个——黄主教。

二

接到王春荣电话时，黄主教正在给人开药。他的身份很多元，除了组织教会活动，还经常给人看看小毛小病。他对医学有种堪称天赋的直觉，看了几本医学书之后，大部分小毛病他都能医好，中西医杂糅，信手拈来。如果不是因为家里穷没读多少书，在现在四十几岁的年纪，高低当上大医院的主任了。但在镇上，开诊所肯定不比搞教会。心里生病的人，永远比身体有病的人多。

全灵教也和黄主教的医术一样，中西结合，上帝能做法术。忏悔开始前，黄主教会拿出一枚鸡蛋，若是来人敲开之后只是普通鸡蛋一枚，那证明此人安全无毒，不用黄主教出手；大部分人在敲开鸡蛋后，会看到里面那根黑色的针，这就是中邪了。

那蛋是黄主教提前炮制的，早期，他要全神贯注用蜡烛熏黑细针，再刺入生蛋，浪费上五六枚蛋才能成功一枚，后来已臻化境，两分钟就能完成一枚通灵蛋。

全灵教是有个总部的，在山东。不过，黄主教跟“总部”都好几年没联系过了，某天，他突然在电视上看到，总部的大主教好像被抓了。这个消息，他当然没跟信众们说，依然每周正常做礼拜。信众贡献的那点费用，也就勉强算个活动费用吧，比较多的收入，都来自黄主教私下一对一的“驱邪”。

黄主教虽无职业证书规范，但极有职业道德，他是个守口如瓶的人，知道越多，他嘴巴就越严，嘴越严，他就能收到更多的钱。

青镇十几年前因为煤矿赚得盆满钵满，然而被挖空后，一夜回到解放前，大家刚冷静点，因为修高速路，又开始拆迁补偿。

青镇好像是被谁开了金手指，钱，就这么淌进来，大家可以躺着，什么都不干。没运气躺着的人，看到有人躺着，也就不想动了。躺着容易得病，想躺着也容易得病，黄主教是大家的心灵之父。

他看着手机上显示北京来的电话皱了皱眉，没有接起来。先把方子开完，把客人送走。看到电话又响，终于还是接了。黄主教等王春荣先开口，他很稳重，习惯按兵不动，先听再说。

“黄主教，我是春荣啊。”

黄主教没有惊讶，他早觉得王春荣消失之后，会再联系自己。他很自信，人只要对另一人倾诉过，就不能抵抗接近对方的欲望，他自己也是王春荣的心灵之父。不过，王春荣对他还是有不同于别人的特殊意义，在很长一段时间里，她的小卖部给教会提供了场地，她也帮他处理了不少杂事。他很想提拔她，但偶尔又有点怕她。她既不谨慎，也不稳重，他担心她知道太多，把青镇都能弄炸锅。她不好掌控。

接下来王春荣说的话，让黄主教很吃惊。她居然是打来推销的。这大大出乎黄主教的意料，她没有对离开的原因做说明，也没有倾诉任何困难，只是热烈地讲着她的产品多好用，一如她当年想帮黄主教拉人进教会时的样子。

这女人挺可怕的，不那么像人，反而像动物，做事全凭本能，好像也会谋划一下，只是她只想到好处，不计较会不会对别人造成困扰，她甚至不计较会不会对自己造成困扰。还好，自己没有先开口，讲什么让自己被动的话。我看人还是准，黄主教内心感慨。

王春荣看他回应得含含糊糊，力邀他去北京看看。黄主教心里一动，这邀请，有点意思。

“你住哪儿啊？”黄主教询问。

王春荣犹豫了一下，只报了张晴住的招待所的名字。

黄主教听着是个招待所，推测她还没有固定住的地方。他肯定是不会花钱参与这劳什子纳米产品的生意的，但去北京很容易，他该去一趟了，王春荣还值得花这四五个小时坐大巴。

在青镇时，王春荣是八面玲珑的小卖部老板娘，跟谁都能逗两句。她给人拿东西，总不是正正常常递过去，要带点甩过去的劲儿，谁接过去，都不得不再多看她一眼。

但落到实处，她还真是异常清白，特别是结婚之后。虽然早年镇上人人都觉得张晴长得不像张小军，但王春荣贞洁烈妇当了十几年后，也没人好意思再多说了。

黄主教不是没动过那方面的心思，只是王春荣压根儿没接招。这也是黄主教没提拔她的原因之一。没变成“自己人”，他谁都不信。

他跟王春荣在电话里说自己下周就去，王春荣一迭声答应着。挂了电话，黄主教走到镜子前，拨弄了一下额前从另一边遮过来的头发，风采犹在啊。

有钱归有钱，黄主教还是很节俭，他没有像很多有钱人一样选择包车，还是和大部分青镇人一样，坐大巴去北京。他之前每次去北京，也不好让人知道。一呢，他要去见见带他入教的老师；二呢，他也不能一直在青镇当上帝使者，得出去透透风，当当人。

王春荣来了北京没多久，六里桥的汽车站倒是来了两三趟，她早早候着，看黄主教远远走过来。他腋下夹着个公文包，又斜挎了一个行李包，秋老虎尚在，他的头发油腻地趴在脑袋上，在旁边人潮的裹挟下，显得比在青镇时更佝偻矮小。黄主教的忏悔室里，他的凳子比别人的微妙地高出一点，这个秘密，王春荣早就发现了。

她冲黄主教挥挥手，他一笑，满嘴黄牙，这是抽了太多烟的缘故。两人几个月没见，还有一丝尴尬。黄主教觉得王春荣气质有所改变，她在青镇时仿佛被圈养，看着也挺漂亮，但现在好像周身都更有弹性了。

还是王春荣先开口："累吧，饿了吧？主教，走，咱们先吃饭去。"

黄主教好吃炸酱面，来北京正合适，王春荣带黄主教来到海碗居。王春荣不怎么喜欢炸酱面，这面过了凉水，又硬又韧，咽下去胃都得铆足了劲儿消化半天。不过黄主教吃得很香，他还就了半头蒜，稀里呼噜，酣畅淋漓。

坐在饭桌旁，一起吃过饭，关系就带上烟火气了，话也张得开嘴去讲了。

"春荣啊，在北京还好吗？"黄主教提问，总要略表关心嘛。

一股蒜味飘来，王春荣屏气回答："挺好的，大城市机会总是多一点。"王春荣觉得黄主教这次来，一定是被自己电话里的慷慨陈词打动了，急着想把话题往纳米产品上引。

黄主教却不急，擦擦嘴，拍拍王春荣的手："春荣，刚吃饱，不急。"他正欲接着往下说，电话响了。他接起来"咿咿哦哦"了一阵，又提到小叶的名字。王春荣竖起耳朵，等他挂断，装作不经意地问："小叶怎么了吗？"

黄主教一挥手："死了。张大仙不接她这活儿，他们叫我回去主持葬礼。"又拍王春荣肩膀，"走吧，我订了酒店。"

王春荣脑子一时转不过弯，稀里糊涂随着黄主教走到离招待所不远的五星酒店。大堂传来好闻的香气，前台礼貌地询问黄主教是否有预订，他大大咧咧地说："没有，老客户了，有那个总统套房吗？给我来一间。三天。"

黄主教用银行卡重拾了在青镇时的威望，前台问王春荣："女士，您也一起吗？请出示一下身份证。"王春荣迟缓地抬头，才反应过来："啊，我不一起，不一起。"

黄主教迷惑了。这是什么欲擒故纵的把戏吗？他还是先稳住心神，问前台："她跟我上去放一下行李可以吧？"前台勉强点了点头。他回身招呼王春荣："走。先一块儿上去坐坐。"

进了房间关上门，黄主教感觉皮肉都松快了，他喜欢封闭的空间，多了一道门，好多话说着就容易了，好多事做着也方便了。他习惯先洗个澡，于是清了清嗓子，安顿王春荣："春荣，你先泡个茶等我一下？酒店都有茶，你知道吧？"

王春荣想接着问小叶的情况，又不知从何说起。看黄主教打开行李箱，掏了条灰内裤出来，瞬间领会了主教大人的意思。黄主教在青镇对她的暗示她并非不懂，只是那已经是好几年前的事了，她没接招，他也就接着以礼相待，没想到几年后他还在这儿等着。

这些不提，小叶到底怎么了？王春荣还没想好怎么自然地切入这个话题，黄主教已经草草洗完澡，围着浴巾走出来了。

这种把浴巾围在下身的方法是黄主教从电影里学到的，电影中的浴巾，会刚好卡在男主角的人鱼线附近，黄主教的浴巾卡在凸起的小肚子下方的凹槽里，也很牢固。王春荣乍见黄主教白花花的半裸体，被晃得有点眼晕，他逐步逼近，坐在王春荣的一侧，不容分说把舌头递到王春荣嘴边。蒜味过于浓烈，令王春荣生生打出一个寒战。她从沙发上弹起，抓着自己的包冲出了门。

黄主教看着被甩上的门，穿着浴袍愣怔着坐在沙发上，想不明白这是怎么回事。终于回过神之后，他给通讯录里一个备注为“卖茶”的人打了电话：“还是老样子。”

挂断后，黄主教打开小药盒，吞了一颗蓝色的药丸，静静地躺在床上，虔诚地等待药效来临。

从黄主教处走回吴江家，王春荣一路上被晒得直冒火。她思考自己到底还能询问谁。

一周前，应该是小叶歌舞团开张的日子。小叶接的第一单是白事。谁也不想用她，好像不管是红事还是白事，被她一操持，就脏了。她靠比别人低了近三分之一的价格才争取到这桩生意，林林总总算下来，挣不了几个钱。她筹办得极其用心，只要做得热闹，她相信以后生意会好的，脏钱也能被生意洗干净。

王春荣本来想晚上打个电话祝贺小叶，谁知道从那天开始，小叶的电话再没人接过。王春荣犹豫着自己要不要去联系王夏红，问问小叶的情况，老三老四嫁得远。自父母去世后，王春荣已经有好几年没跟大姐联系过，她和王夏红相差两岁，互相撕扯着长大，她尤为讨厌大家认为名字里有“春”的自己是姐姐，她认为自己看上去可比王夏红年轻多了。

王夏红二十二岁急匆匆嫁去了青镇隔壁的镇上，因为王春荣那时已经怀孕了，急着要结婚。姐姐还未出嫁，妹妹就出嫁，实在不好看。因为王春荣的事，王夏红没来得及精挑细选，草草被父亲指派给了一个叫老七的远房亲戚。

老七，顾名思义，是家里第七个儿子，他有六个姐姐。这六个姐姐谁对老七好，谁就能得到父母多一点疼爱，就像皇子身边贴身伺候的太监，至少能被皇帝叫出名字。老七在家待着，什么都不用干，每天吃饭时，面都是不同的姐姐根据他的口味放好佐料端到面前的。王夏红是大姐，家里的女儿们虽然都不受待见，但也是整整齐齐不受待见，家里没出过皇子，哪儿见过这阵仗，两人相处起来磕碰得叮叮咣咣，彼此都觉得对方不可理喻，分外委屈。王夏红也就愈发怨起了自己那不长脸的妹妹。

尤其是王春荣刚结婚那几年，张老三还风光尚存，王春荣又在青镇的父母身边，从小当着被人忽视的老二，大姐嫁走，父母又老了，她终于成了家里主事的人，在大小事上都相当霸道。最后王夏红索性不回娘家。父母前两年双双去世后，她更是没回去过，但隔壁几个镇消息也互通，小叶的事，她确实听说了。

小叶开张那天，青镇刮来这一年第一场秋风，狂风和着土地里残存的煤渣抽打人们的脸，提前来布置舞台的几名工人被风吹得睁不开眼睛，急匆匆搭台子，草草了事。

据说，仪式是准时开始的，小叶请来的歌手紧紧裹着衣服，开始高歌，一旁的家属号哭的嘴对上这边唱着的歌，浓烈狂放。小叶在台侧看着，她感到幸福，这是她投入全部的事业。

脚手架是在歌曲高潮处开始发出刺耳声音的，冒着风来看热闹的人四散奔逃。只有小叶迎着倒下的铁架冲了上去，她妄想靠自己把架子扶起来。倒下的钢筋准确地砸中小叶的头，她死在了别人的葬礼上。

还不知道王春荣离开青镇的王夏红接到她的电话，觉得莫名其妙，你们自己镇上的八卦来问我？于是话里也带上了机锋：“被砸死了，说是脸都被砸得稀烂。可能是这辈子不要脸，死了也没个好下场。”

隔天，王春荣起了个大早，就住在雍和宫附近，她很早就去烧香。她长久地跪在大殿里，直到膝盖生疼，这样她心里才能好受点。她整个人木木的，看着佛像用眼神发问：“为什么？”世事无常，却有因果，是什么因给小叶这样的果？青镇那些人，谁又比小叶干净多少？

在雍和宫耗了一上午，王春荣刚走回胡同，就听见里面一阵嘈杂。她循声走去，发现骚动正来自吴江的那间。

有一个花臂中年男人正在叫骂：“你个臭傻 ×，少他妈每天跟别人老婆撩骚，你丫也不看看你什么德行，跟他妈小鸡子似的，再你妈发骚，当心我把你鸡巴剁了！”说完，他随手抄起吴江的手机，往地上一砸。末了还不解气，又搬起电脑，砸向墙边码着的纳米产品，那些虚浮的产品被一砸，包装盒都瘪下去一大块。光着上半身的吴江被这一吓，脸变得更白了，他呆立在那儿，肋骨一起一伏，没回嘴，也没动。

冒火的王春荣也不知是被吴江这德行点着了，还是心疼电脑和产品，拨开院门口看热闹的邻居，冲进去拽住了花臂男：“你谁呀？你谁呀？跑别人家里干吗呢？你小心我报警！”

这花臂男比她高了有一头，此刻被滑稽地拽住 T 恤领口，王春荣试图撼动他，却只扯歪了对方领口，花臂男却忽地笑了。他扒拉开王春荣的手，回头对吴江说：“你丫这个㞞货，还不如这个娘们儿。记住我的话，臭傻 ×。”说完没再搭理王春荣，径直走了。

王春荣急忙问吴江：“怎么回事啊？”吴江回过神来，脸拉了下来，好像自己是被王春荣冒犯了，他阴鸷的眼神锁住她：“你可真泼妇，你可真牛 ×。”然后冲着门外还没散的人吼一嗓子：“别他妈看了都！”说完，把人哄散了，自己回身套了件背心，摔门而出。

那天的一砸，好像把吴江钻营的心气儿都砸瘪了。从那之后，吴江的事业心沉寂下去，他重回了王春荣到来之前他惯常的生活。

王春荣不知前因，也不知后果，她揣测过很多种可能性，最有可能的当然是吴江打电话给老朋友的时候寒暄得太热烈，被人家老公打上门来了。她觉得这没什么，哪儿能因为这点小事就放弃呢？她奇异地并不在意吴江是否跟对方真有暧昧，大局为重，何必在意这些细节？

她从小摸爬滚打惯了，不懂从小就是全家掌上明珠的吴江的自尊心，是世上最脆的玻璃。吴江只允许自己一击即中，没有打中，自会有父母兄姐抬手帮他。“没成功只是因为我没干，又不是我干不成。”这么想着，他舒服多了。

这一闹，王春荣的嘴又被吴江的态度堵上了。张晴换地方住的事暂时无法提上议程，只能委屈她在那儿再住一阵子，王春荣不想动用手上的五万块钱，这是救命钱。万一哪天娘儿俩真没处去了，好歹有个重新开始的本金。

小安给张晴端面条过去的时候，她正纠结当天要不要吃饭。从医院回来之后，靠着激素药膏，几处湿疹总算是没那么痒了。王春荣又是两天没出现，张晴觉得很茫然，奇痒消失的几天，她觉得自己脑子清楚了些，食欲一点点又要爬回来强占她的意志，她很害怕。

听到敲门声，她起初以为是王春荣，也没怎么收拾自己，就从床上冲去开门。小安正被热汤面烫得龇牙，看到她就笑了："还没吃吧，我妈让我给你端碗面条来。"他只比张晴高半头，穿了件背心，露出少年人的精瘦手臂。他总是笑眯眯的，周围的空气都是和缓温煦的。

在同龄男生面前，张晴有点不好意思，还迟缓着没回答，小安受不住烫，急急忙忙地说："我……我给你端进去吧！"说着就冲到桌前放下面条。张晴赶紧错身让他进去，小安放下碗，看到旁边放着张晴的课本，歪头看了眼："你也高二啊，我出来之前也读高二。你是98年的吗？"

张晴回答："对啊。"原来还是同一年生的。她好奇地问："那你现在还在上学吗？"

小安垂下眼睛，黯然回答："暂时没有上了，找了个地方干活。”

张晴犹豫着没接着问下去，她感应到小安身上的失落，他很快就抬起头来：“等赚些钱，就不住这儿了，这儿好潮湿，我妈长了好多湿疹。”

张晴心念一动：“你去哪里干活呀？”

小安答：“有个汽修厂招喷漆工，十六岁以上就行，就是地方离这儿有点远，没想到北京这么大。我妈在那附近也找了个服务员的工作，要是合适，我们就搬去那儿住。啊，你快吃吧！我妈说你生病刚好，得按时吃饭，听着你这房间一直没动静，就端过来看看你在不在。我们买了个小电锅，能煮面，以后你想吃了就来找我们。我走啦。”

小安离开之后，张晴坐在桌子前，搅动碗里的面。这是一碗很香的面条，上面细致地撒了葱花，张晴不知道安妈妈是怎么在这逼仄的房间里做出这么漂亮的面的，筷子戳进碗底的蛋，她轻轻翻动，看到两只完美的荷包蛋。眼泪滚进碗里，她好久没吃家里做的饭了，她和着泪慢慢吃完这碗面，默默做了一个决定。

三

新点开的小说看到第三百四十五章时，显示需要收费了。王春荣也习惯了这些小说的套路，不想付这个冤枉钱，看过太多，后面会发生什么，她早都猜到了。她干脆把调暗的屏幕彻底熄灭了，睁着眼睛躺在黑暗中。

已经是深秋了，可是她仍然在一阵阵出汗，间歇涌动的潮热不待她从前一次烦乱中平静下来，就又冲上天灵盖。发丝湿答答地贴在脖子上，她烦躁地抹开。头发似乎有了生命似的，过了一小会儿又溜回来搔动她的颈侧。吴江在旁边发出鼾声，这么瘦一个人，鼾声倒是巨大。

这鼾声在深夜变成分贝巨大的噪声，王春荣的心跳突然加快，最近一两年，她总是莫名地心慌。她刻意猛烈翻了个身，吴江的鼾声顿住了几秒钟，然后重新奔涌而出。王春荣从没看过海，但她猜如果睡在海上，可能就是这样的感觉，无边无际，无处可逃。

房间里有一股若有似无的臭味，这一天睡前，两人大吵过一架，因为马桶堵住了。

家里的马桶时常堵住，吴江从来不去通。他一口咬定是王春荣用过的卫生巾堵住了马桶，尽管她从来不把卫生巾扔进去。只要堵了，他就去上胡同里的公共厕所，家里的马桶用盖子一掩，他无所谓，他闻不到臭味。这是他的城市，他总有地方可去可钻，王春荣有时一整天见不到人。她只好买了皮搋子，使尽浑身力气把排泄物压下去，再抽回来。

她好多年没有直面过粪便了。

从前上学的时候，学校是旱厕，两片石板搭在一口大粪缸上，就组成简易厕所。夏天上厕所的时候，王春荣总会低着头研究每坨屎上，到底有几只蠢蠢而动的蛆。

这种旱厕是富有生命力的地方。坑里有动物，坑外有植物。粪缸旁边开着几丛被叫作屁屁花或者尿素花的植物。三四瓣叶片，白边、深粉红、花蕊外一个黑圈，仔细一闻，还有清香，因为周围有现成肥料，根茎粗壮，生机勃勃的，污秽之地长出来的美艳花朵。

来了北京，还是逃不过研究屎的命啊。王春荣一次又一次按下冲水键，希望粪水能如愿冲走。一晚上了，还是不行，王春荣走到客厅，吴江正趴在手机上。

两年前，吴江的手机和电脑被砸，他都换成了最新款的苹果。那时苹果手机还是稀罕玩意儿，他向王春荣详细描述了这手机的工业设计是多么简约美丽，其实他只用这些数码产品来看视频和聊天。但他总要买最好的最新的，最好的才配得上他。

最近，他花在手机上的时间越来越多，常对着手机露出春心荡漾的笑容，王春荣对这笑容很熟悉，这是她刚认识吴江时，自己经常露出的表情。凌晨时分，吴江依然不肯放下手机，他脸上反着惨绿色界面的光，王春荣终于没忍住，开口催他去通厕所。

“少事 ×。”吴江脸都不抬，扔来一句。

“大晚上这么臭，怎么睡啊?! ”

“你要是狗，就把屎吃了，不是，就给我闭嘴。”

“你说的这是人话吗？”王春荣早被这三年光阴磨去了伪装出来的薄薄一层温婉。

“别他妈找事啊。这是我家，你要不满意就滚出去。”这是吴江常用的话术。

“那我的钱呢？我的十万块钱你还来我就走。”

“你妈 ×！你主动要给我钱，现在还找我要上了。有本事你去法院告我啊。”

吴江和张小军不同，张小军是阴冷，他是恶寒，每次不待王春荣再回嘴说什么，脏话和辱骂就劈头盖脸向王春荣袭来。也像他的鼾声一样，单调重复，魔音灌脑。

王春荣恼恨自己使不出力，一旦面对她的男人们，她就像被点了穴，一身力气无处释放，话哽在喉头，她看着吴江的嘴唇上下翻动，内心小声默念回击：“不要脸，不要脸，不要脸……”

这一晚王春荣一直没消气，甚至一怒之下想去找张晴，但她搬去了大兴，若是深夜前往，到了都要清晨了，失去了当夜离家出走的意义。

初来北京时，王春荣觉得处处都是自由，现在觉得，哪里都没人肯多看你一眼。北京像大海，如果你淹死在人海中，连个泡儿都冒不出来。她甚至有点怀念青镇的密不透风了。

两年前张晴搬去大兴这事，王春荣本来是不同意的。张晴从小就乖巧，带出来之后，不知哪里生出来的倔劲儿，再不那么听话了。她坚持自己会一边打工一边复习，等能上高三了，肯定跟得上。

王春荣跟她几番撕扯，气得跳脚，这女儿不如王小满，小满什么都听自己的，张晴还不如傻子。当时王春荣还期盼着赶紧帮吴江赚钱，好兑现那个关于盛大婚礼的承诺。这个目标同样关乎张晴的学业，只要结了婚，张晴就能上高三考大学了。

当然，王春荣是周详地考虑过小安对于张晴的危险性的，一个同龄男生，和张晴进同一家工厂，不要出什么事才好。尤其不能像自己当年，突然搞出个孩子，只能连背带拽地带着她往前走，牺牲良多，无法计数。但张晴总是懵懵懂懂，样子也不大好看，还像个没长出四肢的馒头，没太多吸引力，去了大兴的厂子又是住女生宿舍，应该问题不大。

王春荣想来想去，在张晴入职前去找了安妈妈，安妈妈听她说了一半，就懂了她的意思，连声让她放心，小安和张晴都是好孩子，别说现在两人之间没什么，就算有什么，有她在，也都能看住了，都是当妈的，能懂。

如果不是为了张晴，王春荣肯定不想跟这种看似温良的娘儿们说话，什么时候都一副能给全世界当妈的态度，虚伪。我家是女儿，你家是儿子，能一样吗？

自张晴搬走，母女俩基本三个月都见不上一面，张晴做六休一，每天工作 9 个小时以上，工服永远一股油漆味。王春荣对此产生过一丝心疼，不过自己十几岁时更苦，这一代孩子从小吃不愁穿不愁，吃点苦才好懂人间疾苦。

两人都默契地没再提上学的事。第一年过年时，王春荣还把张晴叫回吴江家，三人尴尴尬尬吃了一顿“团圆饭”，第二年，张晴推说要加班，年夜饭也没来吃。不能让张晴如约上学，王春荣心里也有点发虚，没敢理直气壮冲张晴发火。

她跟吴江借题发挥，小闹过几次，吴江就是那副不接招的无赖样，他不去领证，王春荣也不能绑了他去，她偷偷打听了，结婚了也要几年才能落户口，这王八蛋当年骗了自己。

反正张晴也上班了，这大学，不上就不上吧，归根结底，都是为了养活自己。她既然已经能养活自己，少上点学也没什么，不然大学四年的学费还没个着落。

王春荣早对梦想中的盛大婚礼死了心。她曾在刚来北京时，无数次幻想自己艳光四射地站在舞台上，台下众人将为她惊叹，赞美她原来只是收敛了自己的魅力，平时才装出普通人的样子。

为了这个场景，她对吴江无微不至，谁知道又碰上一个白眼狼。生活又陷入无聊，可供反刍的素材，也只剩下吴江带她去财富讲堂的那天自己是多么兴奋。

夏末的北京深夜，突然雷声大作，王春荣在黑暗中打了个激灵。她等待着雨，却没等来。声势浩大的雷之后，只来了两道闪电。她轻轻笑了，老天爷怎么也像男人，干打雷不下雨。

王春荣下定决心，明天必须去张晴那儿几天，离家出走，让吴江知道自己的厉害！想着这些，王春荣好歹是迷糊了过去，还不知道半年没见的女儿给她准备了大惊喜。

张晴还没有把自己最近升任小组长的事告诉王春荣，只是和小安一起出去吃了顿饭庆祝。这顿庆功宴是火锅。沸腾的肉片在火锅里翻动，张晴很兴奋，眉飞色舞地说个不停，如果王春荣看到此时的张晴，一定很惊讶，她脸上的生动神色几乎让她变成另一个人。

车间八点钟开始工作，七点半张晴会准时醒来，床头那点玫瑰的红叫醒了她的眼睛。真好看。这是小安那天送她的礼物。而小安是北京送给张晴最好的礼物。小安的外婆今年身体不大好了，安妈妈暂时回去照料。小安说，再等两年，攒够了钱，就租一套大些的房子，把外婆也接来北京。

张晴刚到厂里时，宿舍的其他三人已经是干了一年的老员工了。厂里流动性大，其他女生大都做些轻松的活计或文职，只有张晴，因为进来的时候只有喷漆的岗位，她饥不择食就上了岗，做了一周培训，当了喷漆工。

干喷漆的女生，实在少之又少。油漆味道极重，虽然戴着面罩，一天下来还是呛得人晕头转向。张晴起初想只要能逃离地下室，无论做什么都行，却在培训和工作中真的喜欢上了喷漆。

先是调漆。这需要认真观察车原本的颜色。可能是红色的车，但在几年的行驶中颜色变暗了些，也可能是电光蓝，车的使用时间很短，颜色依然那么鲜艳。她还发现了很多小细节，比如宝马的黑，比奔驰的黑偏蓝。她从小就喜欢画画。

在开始喷漆前，要先调出非常近似的基础色，再一点点校正。带张晴的师傅看着她心烦，这小姑娘，太轴，非要调得一点不差才罢休。

喷的过程更有讲究了，喷出的漆必须和车面形成直角，距离一直相等，始终如一。张晴全然投入在为车缝补伤口的过程中。她的手很稳，脑子里却不是空白一片。她不会开车，但会在脑中揣测，开车的人会是谁？这是一辆粉红色的车，主人一定是一个年轻女生吧。这辆车很贵，车主是自己买的，还是别人送的？这里是怎么被剐蹭的呢？车上会有谁？看到自己修补得这么天衣无缝，车主会不会想到这个喷漆的人，是一个小姑娘？

张晴对工作的沉浸成为保护罩，让她莫名其妙躲过了刚进厂时同宿舍其他三人刻意的冷落。她们那些眼角眉梢的恶意，她压根儿没有太多知觉。后来，三个床铺轮流换人来住，张晴反而成了宿舍中备受尊重的老人。张晴短短十九年的人生从未如此充实，她忙着精进自己的技艺，以及，恋爱。

赚了工资后，张晴买了很多毛绒玩具放在宿舍床上，围成一个“冖”形，每晚把自己嵌进去。白天的工作太劳累，她终于拥有了香甜的睡眠。

她很小的时候，有过一只毛绒小熊。是她刚出生的时候，出去读书的三姨王秋菊放假回来时给她买的。那只熊的填充料很硬，摸上去并不柔软，但张晴每天都搂着它睡觉。她喜欢在棉被里掏一个洞，假装那是一个洞穴，然后和小熊一起钻进去。他们俩都小小的，所以那个洞穴的空间足够了。洞里很温暖，不会有任何危险。

小熊有一个微笑模样的嘴，不管张晴说什么，它都微笑着看着她。后来小熊的两只塑料眼睛都掉了，侧面的线也裂开了，张晴也长大了。

初中住校之后，有一次回家，张晴找不到小熊，问王春荣，才被告知小熊已经被扔了。

小安很像那只小熊。

张晴之前从没恋爱过，她甚至没有对任何现实中的男性产生过任何好感。但小安让她感觉熟悉，从东二环搬到大兴时，她根本没有犹豫，她想跟着小安，即使两人才刚认识。她敏锐地捕捉到，这个同龄男生就像一块巨大的海绵。如果她从悬崖坠下，也会稳稳把她托住。

两人都还是半大孩子，一次情浓时，小安及时刹了车，他说："我们都还小，不能轻易犯错，尤其是女生，代价太大了。"那天，张晴回到宿舍后默默哭了。

在成为熟练喷漆工后，张晴精益求精的狂热减了几分，她开始在机械工作时，思考如何永远留住这份安全感。

她用排卵期和避孕药唬住了小安。很快，她顺利怀孕了。

张晴接到王春荣电话时，闹闹正在哭，她思考片刻，自杀似的按下绿色接听键。

“喂，妈。”

“晴晴，妈想来看看你，你在厂里吗？”

“我不在，我……现在住外面。”

“哦？住哪儿了？妈已经到附近了。”

“……我把地址发你。”

张晴正坐月子。她生了个女儿。

小安拿出积蓄，租了一套小两居，客厅巴掌大，两侧分别有两间卧室。安妈妈得知消息后很快安顿好家里赶来。

女儿很闹腾，眼前没人就要哭，之前小安提议起小名叫闹闹，张晴和安妈妈一致通过。

现在，王春荣和闹闹面面相觑，彼此都震惊于对方的存在。闹闹没那么多心理活动，径自大哭起来。

王春荣想开口对张晴说点啥，又拿捏不好自己应该是什么态度。

生气？惊喜？如遭雷劈？最后，也只能干巴巴地来了一句：“都还顺利吧？”

张晴心想，唯一的不顺利就是你的出现，嘴上还是客客气气地汇报：“嗯，挺好的。谢谢妈。”

安妈妈正忙着给闹闹洗衣服，和王春荣打了个招呼就忙去了。

小安走进卧室，递给王春荣一杯热茶，他犹豫着不知该怎么称呼，他和张晴还没领结婚证，王春荣突然袭击，他也没和张晴对过台词，只好省略了这个环节，随意说些闲话。

王春荣已经适应了眼前这场景，热情地问小安照顾月子累不累，忙不忙。小安如实回答，又提起本来打算请个月嫂，但二孩政策开放后，月嫂市场火爆，一个月要六七千，实在太贵。王春荣咋舌，这话入了耳，也入了心。

小安看王春荣带了行李箱，挽留她多住两天，王春荣婉拒了。张晴既然这么有主意，生孩子都不告诉她一声，她也没必要留在这儿招人烦，她身上还有点钱，先找个地方落脚，后头怎么安排，她大概有了打算。

王春荣行动力极强，很快就报名了月嫂培训。

她跟机构确认过，培训时间一个月，拿了合格证之后，二十八天工资七千元。这收入是王春荣难以想象的高，做月嫂，不就是照看刚出生的孩子？生过张晴，又带过小满的王春荣信心满满。

况且，吴江不是总口口声声让她滚嘛，他自己四体不勤，五谷不分，王春荣倒要试试，这么久没有自己，他还过不过得下去。这次出来两三个月，也好给吴江点下马威，再不济，攒足了钱，将来自己搬出去，再不用受这闲气。反正吴江也不管她每天干什么。

培训比王春荣设想的还简单，从老师到学生，都敷衍了事，谁还没生过孩子，带孩子能有多难？她记注意事项又快又好，手脚麻利，叠东西比别人整齐，普通话也非常标准。培训了一周后，连主管都认识她了，直夸她将来肯定是明星月嫂。

她在同期的十几个人里算年轻的，其他人顶天了把头发梳整齐，衣服穿干净，只有王春荣，让带出来的一箱衣服派上了用场。刚进入九月，天气其实有点凉了，雪纺的裙子抵不住秋风，让走在路上的她一阵阵打战。这点寒意不算什么，她又重整旗鼓，穿着嗒嗒嗒的高跟鞋，要做女人堆里最显眼的那个。

王春荣总是能在第一次与人相处中，给对方留下美好印象。面试很顺利，第一次上门前，王春荣很认真，她早早跟主管要了客户的信息。

是一对还不到二十六的小夫妻，在北京生孩子算很早了，是武汉人。大概家境不错，房子是三居室。她特地跟着菜谱学了几道湖北菜，准备改良成月子餐版，做给新妈妈吃。

新妈妈彭玉觉得，坐月子完全没有大家说的那么可怕，有个靠谱月嫂真是帮了大忙。王阿姨人又干净又勤快，嘴还甜，见缝插针地说彭玉恢复得好，看着精神又苗条。此时生产完的彭玉陷入一种茫然的焦虑中，王阿姨的夸奖让她感觉一切还未失控，自己还是那个没当妈的小姑娘。

彭玉的妈妈却不这么想，她实在不喜欢女儿请的这个月嫂，眉眼吊得老高，看人是从上往下的。平时在家，月嫂穷讲究，穿得像要去上台表演。活儿没看着干多少，就知道说好听话哄自己闺女。

彭妈妈对女儿说不出那种虚与委蛇的话，她认为自己对女儿的无私贡献，就是要从女儿身上发掘所有缺点，再一一点破，好让女儿警醒起来，不要忘形、不要失态、不要有情绪，这样，女儿才能离成为完美的人更近一步。

彭玉的丈夫雷磊不喜欢王春荣的原因和彭妈妈不一样。他觉得王春荣牙口太好。她的牙齿整齐、洁白，笑起来露出八颗，那笑真瘆人，嘴笑了，眼睛没笑。

王春荣的胃口很好，做月嫂消耗太大，她给彭玉做月子餐时，会尝几口那些高级食材。雷磊还注意到王春荣在吃水果时，能精确地挑中最昂贵的车厘子。有时候他路过客厅，看到王春荣状似无意地从餐桌的水果前经过，看到她只是不露齿地微微一笑，就知道，她嘴里一定塞着东西。

王春荣之所以频繁对人微笑示好，还有另一个原因，她也没看起来那么游刃有余。在别人家，她终归不是女主人。

服务一个生产时做完侧切的惶恐妈妈，加一个没有什么意识的人类肉团子，着实是战战兢兢中带着无聊。她每天要负责给彭玉的伤口做护理，看着其他人裸露的惨烈阴部，她不害羞，只是感觉烂成这样，怪恶心的。

再加上彭妈妈时常紧追的目光，王春荣度日如年，她总是渴望别人注视，从没想过注视能像刮皮刀，她像一只被捏在手里的土豆，被彭妈妈的目光刮得生疼。她很后悔选择做月嫂。

但上门了，就必须待满。

王春荣连日起夜，到第三周，半夜起来时眼冒金星，差点忘记自己在哪儿。她从临时支的小床上起身，把婴儿抱过来，帮着彭玉开始哺乳。彭玉的奶量很充足，只是刚得完乳腺炎，喂奶时龇牙咧嘴，深夜，小婴儿吮吸的声音被放大数倍，黏黏的声音，让王春荣想起自己坐月子的时候。

张晴没有喝过几天母乳，她刚出生时脾气不大好，拉了尿了原本哭两声示意即可，她非得哭到脸色发紫才罢休。月子第十五天的深夜，这个时间王春荣记得很清楚，她看着张晴一筹莫展，挑着一盏小灯想把张晴奶睡。张晴在有限范围内脑袋乱扭着躲闪乳头，她不想吃奶，只想专心哭泣。

扭过身子睡在旁边的张小军突然蹿起，血红的眼死盯着王春荣，她还没来得及反应，就被甩了一巴掌。那天之后王春荣就没奶了。

雷磊也困得晕头转向，但还是坐起来，用后背顶着喂奶的彭玉，想给她一点安慰。他垂着头差点睡着，半梦半醒中，突然觉得有灼热视线看向自己。又是那个月嫂。

雷磊对彭玉的体贴，逐渐对王春荣形成一种折磨。

在王春荣原本的世界中，生完孩子的女人，是要靠自己从血液和分泌物里忍痛爬出的。能有专门伺候产妇的月嫂这事早已狠狠冲击过她一次。现在，看到雷磊如此沉浸地参与育儿，让她更是惊恐万分。他不只会适时地给予彭玉安慰，还会换尿布、参与给婴儿洗澡，甚至叽里咕噜和婴儿说上好一番话。

王春荣急切地想跟别人分享自己的这些发现，内心的话已如洪水滔天。她在心里跟小叶絮叨了会儿，猜想小叶会笑她没见识。虽说微信可以帮助她找到任何青镇的人，但一旦离了那儿，那些人也好像死了，跟她的距离还没有死了的小叶近。有时，人宁愿跟陌生人讲话，也不愿遇见曾经熟悉的人。

她周身像长了小手，在和雷磊的接触中，难以自制地想伸出去，摸摸这种她认知外的男性生物。

王春荣几次与雷磊搭话，他只将这视作一个家政人员过于热情的没话找话，他悄悄跟彭玉说："王阿姨怎么这么爱尬聊啊，头大。"

一腔邪火无人接招，趁着每天上厕所的一点工夫，王春荣在微信上一阵摸索，终于点开了摇一摇。

摇一摇，哗啦一声，另一个同样空虚的陌生人从天而降。几乎是在看到对方头像的同时，一条消息弹了出来：你好。

这个人叫建强，太久没人好好跟王春荣说过话了。

建强先夸奖王春荣的网名很好听。王春荣道谢，她的微信名字最近改为"春水"，她觉得看起来十分柔情，头像也换为一张轻微扭头颔首的背影，朦胧地露出她挺翘的鼻梁。

建强问："看你头像，你是90后吧。"

王春荣心念一动，打下："对呀，我二十六岁。"

幻化为二十六岁的王春荣很简单，照着现成的彭玉加上一点林杨，一笔一画进行素描即可：

二十六岁，身高一米六三，体重五十五公斤。来自武汉。毕业于北京中医药大学。目前在一家互联网公司工作。爱好是玩乐队。性格有点内向。

建强说自己三十五了，他对"二十六岁的王春荣"展露出强烈的热情。三四天后，他提出了见面。王春荣受宠若惊。不是她不想见，实在是这当月嫂的生活把她熬得形容枯槁。王春荣脸上最大的缺点，就是眉毛浅淡，年轻时文过的眉还留了两道青色的淡痕在脸上，每天都得花好一阵子描上新的，才能显得精神些。最近她觉都不够睡，别说画眉了。照镜子时深觉惨不忍睹，不能见人。

几次推拉后，建强对王春荣也没了兴趣，她不得不再摇一个新的人来聊。

彭妈妈对王春荣经常抠弄手机怨念颇深，花大价钱请月嫂可不是为了让她来家里微信聊天的。彭妈妈私下跟彭玉说了这事，彭玉虽也感受到王春荣的敷衍，但她习惯性对母亲表示了反对，解释说王阿姨只是太累了，可能想家了，才跟家里人联系多了点。而且，月嫂快下户了，自己也想多学学怎么带孩子，多实践一下，对未来自己带有好处。

跟女儿小声争执了几次，彭妈妈愈发生气，彭玉看那个月嫂，怎么比看自己还亲？她最讨厌嘴甜的滑头！但她暗暗想，以大局为重，等女儿坐完月子，她高低要去投诉这个月嫂。

下户那天，王春荣简直像出狱，她早早收拾好了行李。彭玉对她的离开略有伤感，王春荣看着这众星捧月的小妈妈呈现出的脆弱，感到一丝快意。不过，她还是尽力维持了“王阿姨”巧舌如簧的本领，最后对彭玉说了番宝宝可爱，妈妈恢复得也很好，很快就能回到产前的样子啦之类的话。

把这套话丢在原地后，她拉着自己的小行李箱疾走入电梯，狠命拍打电梯关门键，同时掏出手机，查看自己的银行卡余额。

下户当天就结钱，王春荣去商场结结实实花出去一千，买了眉笔和新裙子，路过男装店，她犹豫了片刻，还是走了进去。午饭她选择了兰州牛肉面，四十岁后，王春荣有了发胖的迹象，她试图少吃，但还是敌不过北方血统中对碳水化合物的召唤。

饭后，她坐在商场的休息区发呆。这是一个工作日，商场的人不多，每个人都有种漫无目的的散漫，王春荣融在其中倒不显得突兀。

以前每到月底，王春荣也做小卖部结算，她每天记了账，一周算一回，到月底再算一回。收到的钱减去进货的钱，她兜里就有了点钱。到她走之前，青镇人大部分还是用纸币。小卖部收到的，大部分是小额纸币，加起来一厚摞，实际上没多少。钱的手感有点怪，涩涩的又黏黏的，从流经的每个人手中过一遍，蹭上了每个人的污垢，好像会越变越厚。

还是小卖部的钱赚着容易。她只要用东西换钱就好，哪儿像现在，在别人家看人眼色，干这伺候人的活儿。

王春荣把视线转到脚边的行李上，有只购物袋里，是给吴江买的衬衫。她初来北京时，吴江总穿着衬衫，后来，就只穿T恤了。她盯着那只袋子，很久很久之后，她站起身来，拎着行李，走向回到东二环的地铁站。

四

门没锁，一进门，王春荣就感受到一种不同寻常的气息。她细细一嗅，发现是床单被罩洗过的味道。胡同里晾衣服不方便，平时都要在院子里展开晾衣架子，晾干了，再赶紧收回来。吴江懒得做反反复复的事，王春荣若不去洗，他能翻来覆去用脏的。

吴江不在屋里，这是他的老习惯，反正院子里总有人，不锁门也没什么。王春荣放下行李，洗了手，先直奔房里巴掌大的厨房区域，她刚买了点肉和菜，打算先做个卤子，待会儿给吴江拌面吃。

这是出走一个半月以来，王春荣第一次自由地干活，她心情不错，笃笃笃切着菜，还不由得哼起小曲。她被自己的歌声干扰，没听到院子里的动静。等吴江和一个女人推门进来，她还在唱邓丽君的《何日君再来》。

看到王春荣，吴江活像见到诈尸的鬼，女人倒好像瞬间明白了王春荣的身份，默默地把手从吴江臂弯里抽出来，给了他一个“你好好解决”的眼神，然后就很没义气地扭头走了。

留下来的两人一时无话，王春荣眼前发黑，头嗡嗡直响，也不准备说什么了。行李还在原地，照样拎走就行，方便得很。她握着刀的手紧了紧，把刀原地一扔。刀原地微微起跳，又因为身子太沉，还是坠在了砧板上。

能去哪儿，无处可去。

王春荣气冲冲走到胡同口，把行李箱放倒，坐在上面平复情绪。她先拼命回想刚才那女人的样貌，三十出头，娇小白皙，算得上玲珑有致，岁数摆在那儿，比自己肯定是鲜嫩不少。又想起自己两年前给吴江的十万块钱，这算什么，自己搭上钱又搭上人，说给谁听，不得说一声“贱”。她有心回去闹，又觉得浑身筋脉尽断，没力气，更没勇气。

她又在心中细数吴江的缺点，嘴碎、弱鸡、自以为是，他根本配不上她！她暗暗嘲讽刚才那个女人，这种男人也要，迟早发现自己是贱货。

王春荣最终还是只能思考起那个选项——去大兴找张晴。她更恨上了吴江，不是他，自己也不会跟女儿关系变得这么差。如果不是他发疯，导致张晴只能住地下室，她也不会出走大兴。张晴也是，一直懂事，怎么能不懂自己的苦衷？她畏首畏尾为别人考虑，谁又为她考虑？

王春荣自怜起来，思路理顺了，眼泪也顺利滑下。雍和宫的游客来来往往，路过她，都奇怪地瞄一眼这个看起来沉浸于悲伤的中年女人。一阵痛哭后，她下定决心，去了大兴，一定好好修复和张晴的关系。

王春荣辗转到了大兴，已经接近晚上八点。张晴看到这位不速之客，深感莫名其妙。从前她需要王春荣时，根本找不到人，等她不需要了，王春荣却总是不请自来。小安热烈欢迎了岳母，他对长辈的尊重出于惯性，他的亲人都曾给他提供保护，所以难以理解张晴面对王春荣的那种拧巴劲儿。

王春荣这次对小安很热情，一进门就递上购物袋，要小安“赶紧去试试给你买的衬衫合不合身”。小安受宠若惊，认为可能是长久以来的诚意打动了王春荣，抛给张晴一个“你看吧”的眼神，就喜滋滋地进另一间卧室去换衣服了。

张晴还未放松警惕，闹闹刚要入睡，被家里突然的骚动惊得大哭起来。安妈妈正在洗澡，还不知道王春荣来了。张晴不知道王春荣这么晚来是要做什么，等着王春荣自己说，看她挺自在地坐在餐桌前喝小安刚泡好的茶，到底还是问出了口：“妈，你怎么来了？”

“想你和闹闹了，所以来看看。”

张晴差点笑出声，她看到王春荣拖着行李箱，猜测是又跟吴江闹了别扭。妈妈跟男朋友闹别扭，出走到了女儿家——怎么想都有点好笑。不过，她观察到王春荣的眼睛泛红微肿，或许是气哭过。既然说想宝宝了，那来就来吧，让小安打一天地铺，大家凑合一晚。反正王春荣和吴江早晚得和好吧。

闹闹对外婆态度不是很友好，王春荣一接近她，她就撕心裂肺大哭，除了王春荣，她可以接受家里任何人的靠近。几次后，王春荣也恼火起来，反正她做月嫂已经受够了没理智的婴儿，更不想当这个听上去就老眸咔嚓眼的“外婆”，安妈妈做家务，张晴看孩子，两人看着配合挺默契的。于是王春荣不再做维护祖孙关系的无用功，每天径自刷手机，对什么时候从张晴家走黑白不提。

张晴没想到，王春荣的入住一晚变成三晚，三晚又变成一周，小安每晚睡在地板上，早上又腰酸背痛地起来去送外卖。安妈妈倒是没多说什么，但每天多了一双筷子，她又坚持以对待客人的规格做饭，每天在厨房的时间明显变长了。

张晴只好对闹闹寸步不离，她的产假即将休完，要回去上班了，这样下去显然不行。几年没复发的湿疹又隐隐有点冒头的趋势，用药会影响哺乳，她和小安偷偷讨论了一阵，决心还是要找机会问清楚王春荣的打算。

第二天是个周末，小安也轮班休息，王春荣罕见地提出要跟安妈妈一起去买菜。张晴正想跟小安合计一下怎么对王春荣开口，干脆列了个购物清单，让两位母亲去商场顺便采购些婴儿用品，多在外面待一阵子。

这个“岳母驱逐计划”讨论得并不顺利。张晴提议直接表明原因，说一下实际困难，问问王春荣接下来到底是什么打算；小安坚持不能这么失礼，对长辈得柔和委婉。张晴气急，委婉只能换来王春荣的装傻充愣。

就像家养宠物每天到时间等着就有饭吃，不能理解野猫野狗为生存的丑陋厮打。张晴跟小安死活说不通。两人僵持间，王春荣和安妈妈已经回来了，讨论只能告一段落。

进门后，安妈妈没有像往常一样先去逗弄孙女。她沉默地奔向厨房，把自己锁在抽油烟机的轰鸣声里。

王春荣心情不错，她给闹闹买了一件小衣服，在闹闹的大哭中强行给换上，向张晴展示某个角度的外孙女和自己长得很像。张晴勉强应和，又把闹闹接过来让她趴在自己肩膀上，好歹是止住了哭。

安妈妈炒了五个菜，在拥挤的小客厅里摆了满满一桌。她说自己做饭做得没了胃口，她先来看闹闹，让其他三人先吃。

第二天，安妈妈就离开了北京。她趁众人都还没醒，静悄悄走了，她在和张晴与小安的微信群里留了微信：

晴晴、安：

妈先回家一趟，你们外婆想妈妈了。晴晴的妈妈正好能帮着照顾闹闹，妈也放心。多视频，给妈看看闹闹。

一定有哪里不对劲，刚睡醒的张晴看着微信，脑子一阵发麻，一定是王春荣对安妈妈说了什么。她太了解王春荣了。

她已经不是以前不敢问不敢说的小女孩。她深呼吸几次，推醒了睡在旁边的王春荣："妈，你跟小安妈妈说什么了吗？"

王春荣还没从睡梦中清醒，无辜地看向张晴："怎么了？"

"她回老家了。"

王春荣很惋惜的样子："哎呀，是不是因为我说想跟闹闹多培养培养感情，安妈妈误会了啊？"

"我看你是故意的吧。"张晴阴冷地开口。

王春荣一颤，张晴好像变了，让她想起张小军。旋即，她选择了柔和应对："晴晴，你是不是误会妈了？妈没别的意思，是真的想跟闹闹多相处，妈老了。"

张晴一时难以应付王春荣的软弱，她本来就不爱说话，也没再搭腔，径自去洗漱了。

王春荣暂时获得了和平，又往回一躺，拿出手机切回昨晚的聊天页面。她最近摇到一个附近的小伙儿，名字和她的网名对仗，叫作秦秋林。她干脆对他宣称自己的真名就叫王春水。

秦秋林又惊又喜，觉得“王春水”跟自己的缘分就像天注定。两人名字般配，春水比自己大三岁，抱金砖。春水还是北京人。这么好看，还愿意跟自己聊天，秦秋林想起来就要傻笑。偶尔，春水会发来几条语音，她声音可真好听，柔软又娇媚，像羽毛做的痒痒挠，扫在从没恋爱过的秦秋林心尖儿上。

秦秋林早在高中毕业后就出来打工了。他从小就成绩差，成绩好的小姑娘对他来说就像外星人，与春水聊得太愉快，秦秋林隐隐有种自己即将开启跨越物种恋爱的预感。

秦秋林每天晨昏定省，见缝插针表达关心，把王春荣哄得晕陶陶。可见之前跟吴江恋爱的思路是彻头彻尾的错误，钱不能换取爱，年轻才能。

但秦秋林也是要上班的。余下的时间，王春荣还学会了在快手发带滤镜的小视频。那些点赞量超多的视频，看着也跟她差不多啊，她当然也要试试。

滤镜真是个好宝贝，帮她抚平了细纹，膨润了苹果肌，压平了颧骨，长出了眉毛和睫毛，还擦上了任何她喜欢的口红。镜头里的她没人会不喜欢，《西游记》里的女妖精都没她百变。她也不对着镜头讲很多话，只是看看天，看看地，再对镜头露出微笑。

逐渐，她的视频有了一个赞，两个赞，又有了一个留言，三个留言。她会反复细看回味，也不时会对那两个眼熟的网名回复两句。看多了手机里的自己，她变得没那么爱照镜子了。要是镜子也能自动给她加上滤镜就好了。

反正，王春荣成天扎在手机里，到饭点了随便捣鼓点饭给张晴吃，自己边吃边心不在焉地按手机。之前总在拼命抑制的食欲自动降低，几周过去，王春荣人瘦了，但眼神灼灼，颧骨上总红通通，一副形神俱燃的神态。如果吴江现在看到王春荣，会发现她看起来跟活兽那几个老哥们儿嗨了之后一模一样。

白天，王春荣消耗干了精力，晚上张晴喂奶时她从不醒来。与秦秋林的密集聊天治好了她的失眠。

张晴在照顾闹闹的间隙看到王春荣在打字，在语音，在对着摄像头搔首弄姿。她认为王春荣是在为挽回吴江做出努力，大约是快成功了，不然两人不能这么热乎。她有点期待王春荣有一天能突然通知她，自己要回吴江那儿了，所以按捺着等待。

养育闹闹并不轻松，那是一个三个月大，只能用哭来表达自己的婴儿，但张晴觉得跟王春荣生活在一起难度更高。安妈妈离开后，日常琐事没人帮衬倒在其次，看到王春荣，她总暗藏母亲能真的跟自己和闹闹发生联系的期待，这样的期待折磨着张晴，让她感到更加疲劳。

王春荣这几天压力也很大，秦秋林像只小狗，只要看着她，追上来就是一通缠，才两周时间，他就好几次闹着要见面。原本王春荣只想用秦秋林擦去关于吴江的记忆，他这一上劲儿，她既不想贸然去见面，更不想失去秦秋林的热情，内心千般拉扯，一时忘了张晴马上就要休完产假回去上班了。

张晴因为勤奋又细心，在汽修厂口碑不错，老板也就格外关照她，让她多休了半个月。她和小安已经攒了好几万，再努力几年攒够了启动资金，就回小安老家去，开个小门脸修车，日子肯定能过好。可是张晴听其他同事说，新招的喷漆工是个年轻男生，体力总要好些，她一时有点担心自己喷漆专家的地位，还是想尽快复工。

把闹闹单独交给王春荣来带，张晴实在是不放心，向小安诉说自己的忧虑，小安一如往常，认为她对王春荣的提防过度，做女儿的这样，万一令岳母寒心怎么办？

他问张晴："你妈从来没做过让你感动的事吗？"

张晴想了很久之后说："我觉得，她是因为我，才离开青镇的。"

之前，小安也问过张晴几次她们母女为什么要来北京，张晴总是避而不谈，看她终于肯说，小安投去期待的目光。

张晴也不知从何说起，这几年，青镇离得实在是太远了，有时她都疑心，那些记忆，是不是只是做过的一个梦？

她感到口干，先拿起杯子来抿了几口水："我爸，会偷看我洗澡。嗯……我觉得是。其实我也没跟我妈聊过，好像从十几岁开始，我就觉得有点不对劲，他老是看我，眼神很奇怪，我那时候不太懂，而且平时都住校，也不是很明显。我们家卫生间的锁老坏，一直都修不好。来北京前几天正好是暑假，我洗澡的时候，我爸打破客厅的玻璃杯，脚受伤了。他没开灯，脚底划了个大口子，就在从他卧室去洗手间的半路上。然后我妈就突然带我来北京了。我也不知道她跟吴江怎么认识的，我……"

没等张晴说完，小安就用拥抱制止了她。那杯水卡在两个人中间，流了他俩一裤子。小安轻轻拍张晴的背："别说啦。我知道了。"

张晴急忙推开他："哎呀，水洒了。"

小安笑："咱俩尿裤子了。跟闹闹一样哎！"

张晴哈哈大笑，她的眼泪流过笑着的嘴角，掉进嘴巴里，她跟闹闹一样，终于做了一回被人疼爱的小孩。

最终，张晴和小安决定，必须开诚布公跟王春荣谈谈，实在不行，再把安妈妈叫回来。

王春荣的态度出乎张晴的意料，她表示，自己已经系统学习了育儿知识，并且当场演示了换尿布、喂奶和洗澡等等，虽然闹闹还是哭个不休，但王春荣的确做得又快又好。张晴都有点愧疚了，也不知道王春荣是什么时候偷偷做了功课，可能，她虽然不爱自己，但对外孙女，还是有感情的吧。

从技能来说，王春荣是不错的监护人，她如果肯认真细致地照顾闹闹，或许张晴都比不上她。在张晴刚去工作的那几天里，王春荣努力了。她认真喂养闹闹，一旦发觉闹闹哭声的变化就查看纸尿裤，还推着去楼下晒了太阳。

闹闹完全不吃这一套，她像吃准了王春荣的温柔对待是三分钟热度，除了哭累了睡着的时候，其他时间全部大哭或抽泣，到晚上张晴回来，闹闹才稍显冷静。她哭了一白天，晚上睡得很熟，夜奶都没喝，张晴涨奶涨得厉害，只好都泵出来冻冰箱里。

闹闹睡得香甜，王春荣可完全睡不着。白天，在那些照顾婴儿的机械动作之间，和吴江相处的细节历历在目。也是有过快乐的时候啊，怎么快乐消散得这么快？她因为失去快乐而饥饿。到了晚上，她就和秦秋林说个不停。

她吐露的信息越来越多，在秦秋林面前愈发成为一个完整生动、臻于完美的人。

我爱唱歌，偶尔还会参加乐队，不过都是些摇滚乐啦，你肯定不喜欢；中医药大学的研究生是保送的，你知道保送是什么意思吗？就是不用参加考试，老师直接就收我当学生啦；看病？哈哈，我不会看病，因为我是学中药学的，就是做药，不过我肯定还是更喜欢音乐。

别瞎说了，我也不算特别优秀。看不起你？当然不会，从小在城市长大，我觉得农村孩子最淳朴了。我一直向往去农村生活一段时间呢。

不过，秦秋林认为春水妹妹有个大缺点——害羞。也不能说是缺点，就是过于害羞了。聊了这么久，祖宗十八辈都交代完了，面还没见过。他很苦恼，疑心她是不是还对他哪里不满意，工作时都心不在焉，想着下班要去买两身新衣服。还能顺便给春水妹妹发两张自拍照。毕竟人家是小姑娘，可能还有点戒备，穿上新衣服，两人视频聊会儿天也好啊。

王春荣也不能对这个视频聊天的约定掉以轻心。秦秋林太缠人，她想起来小叶以前对她说过，那些付过嫖资的客人，每晚总要折腾到精疲力竭，才觉得值了这价儿。秦秋林的时间是不是也是嫖资，花在她身上了，就要往回要点什么？

她是有点发愁，又觉得愁得挺甜蜜，总比无聊好。她决定，先发几个带滤镜的小视频给秦秋林，让他过过眼瘾。

至于视频聊天……再说吧。闹闹每天没停过动静，实在不好处理。

张晴工作开展得很是不顺利，最近已经有两辆车都开走后又回来重新喷了，都不是她喷的，但事没做好，她得帮着补。新来的技术不行，安排给她打下手，不仅没帮上忙，还给她添麻烦。两人年龄相仿，她也张不开嘴骂人，每天在心里叹气一万遍。说细节的时候，那个叫秦秋林的男生也乖巧，眨巴着眼睛认真听，听完就全忘光，还一个劲儿玩儿手机。

唉。张晴闷闷的，让自己沉浸在调色的世界里。喷漆救过她，她才爱喷漆，别人可能真的就是来打份工，自己也不是老板，也没什么立场，能怎么样呢？

白天在工厂烦心，晚上也睡不好，这几天闹闹因为白天总在哭，生活规律全乱了。白天吸奶时，竟发现奶是灰白色的。

王春荣极力表现出一切正常，但张晴只要一见到闹闹，就感知到女儿的不安。这是自己做母亲的直觉。那么，自己还是婴儿时，王春荣也有这样的直觉吗？

秦秋林臊眉耷眼了一阵子。他心情很差，工作上同事苛刻得要命，总对他指指点点，春水妹妹又说学业忙碌，始终不同意跟他视频。工作时，他明明认真做了，对春水也很真诚，真不知是哪里出了问题。

二十三了，没有任何女生对自己表达过好感，也没有任何人对他说过一句，“我觉得你很棒”。秦秋林时不时会想，世界上这么多人，自己存在的意义究竟是什么？每个月寄两千块钱给家里的爷爷奶奶吗？等他们死了，自己孑然一身时，活着还有什么牵挂？

他被懊恼的情绪袭击，受伤惨重，终于没忍住，对春水妹妹小小发了脾气，他说，如果不见面，就不要再联系了。

连日的失眠，加上秦秋林的作闹，让王春荣的头嗡嗡作响，她推着闹闹去附近药店询问，店员说她可能是更年期综合征，扔来一板谷维素，说能帮助入睡。

她当晚吃了之后，睡是睡着了，但梦多得离谱。小时候，父亲曾经拥有过一柄猎枪，一般没人使用，被扔在墙角。梦里，她端起枪，尝试扣动扳机，她心里清楚，那枪的扳机卡住了，于是瞄准小满。小满冲她咯咯笑着迎过来。子弹射出，击中小满的额头，留下一个圆圆的、没有流血的洞。梦里的她，以为这是梦，走上去看，发现那不是小满，是小叶。小叶的头烂了，眼珠暴出，圆溜溜的，垂到一旁去。她捡起来，安回小叶的眼眶。眼珠又能用了，紧紧盯住她，她又觉得那好像是秦秋林。

她不知道自己击中的到底是谁，烦得要命，只想回身冲自己开一枪。但枪身太长，胳膊太短，她艰难地扭转枪身，终于成功瞄准自己，轰！

她醒了。

醒来后的王春荣，也不比梦里轻松。闹闹嗓子快哭哑了，还没放弃抗议。张晴狠下心出了门，王春荣回身看着闹闹。

闹闹，你该静静了。

罗勇供职的这家国企工作很清闲，大部分新的工作，他都以“这我不熟啊，你们年轻人来”加以推托，虽然他也才刚过三十。不过，每出现一种新的社交媒体，他都能快速掌握，玩儿得很溜。

罗勇花了很多时间滑动手机，app也给予相应回报，早已深谙他的喜好，推送的视频无一不是美人。滑动，停留，留言；滑动，停留，留言。有几个他留言留得多的，每次更新，他总能刷到。

> 好美，😍。给我一个女人，我能创造一个种族。
>
> 你真好看。长得像我老婆。
>
> 我是个演员，一看见漂亮 mm 眼就圆。

他住的城市有海，留言这行为是站在海边扔石子儿，他也没指望有回响，但不往外扔，他心里像猫挠。他一直扔啊扔，有一天，有一个叫春水的回复了他的留言。

嘿！没想到，这还真钻出一条美人鱼。他对这类长相很偏爱，严格来说，不显年轻，像他小时候认识的日历女郎，颧骨突出，眉尾高吊，不可爱幼态，反而有点严厉的妩媚。

两人在评论里你来我往了几回，罗勇私信提出互加微信。春水竟然又同意了！罗勇在高兴之余，内心首先轻贱了这女的。说加就给加，怎么这么容易啊？像一块钱买了个大肉包子，香也香的，贱也贱的。

罗勇加上美女微信，班儿也不想上了，五脊六兽地蹲电脑前猛发微信。他业余爱好是钓鱼，鱼咬了钩子就要猛拽，不然难道等她脱钩？

这条鱼似乎格外优质，年轻、貌美、学历高，还好，罗勇不是少年郎了，他是三十岁成熟男性，早已看透社会的真相。这个女人的视频明显加了滤镜，真人肯定没这么好看，不过底子应该不错。人就在北京，距离不远，半小时就能见面，挺合适。

对已经基本定型的春水的形象再进行一些加工，对王春荣来说已经驾轻就熟。跟罗勇聊天，大半是因为要对秦秋林实施报复，换人原来如此轻松，推翻重来，一切都是新的。重温自己构建的美好形象令人分外愉悦，她的手像吃了兴奋剂，不用脑袋指挥，就自行打起字来。

罗勇和生涩的秦秋林不同，他生活的城市以曲艺闻名，他妙语连珠，把王春荣逗得咯咯直笑。

如此过去了一两天，王春荣又收到了秦秋林的好友申请，原本他已经把她拉黑了，现在可怜兮兮地发来一句："对不起，我错了。我再也不逼你了。"唉，这怎么能教人不心软呢？罗勇虽好，但终归是秦秋林更加熟悉，火锅虽好，吃多了也想来点饮料涮涮嘴。

于是，王春荣加回了秦秋林。

她再也没有时间胡思乱想了，因为她太忙了，她在微信中左拥右抱，在两个聊天页面间熟练切换。闹闹在一旁沉睡，整个白天，这个两室一厅的小房子，成为她充满快乐的空间。

张晴早觉得奇怪，每天下班回家后，女儿都一副恹恹的样子，努着劲儿想跟张晴亲热一下，又挣扎不过睡意，焦躁不安地时醒时睡，还有点腹泻。张晴搜索了各种孩子到四五个月的状态，都说到四五个月会长得很快，该学翻身了，可闹闹总是没精打采的。问王春荣，她又说一切正常。

张晴跟小安提了这事，说想带着去看看大夫。王春荣听到，好似被踩了尾巴的猫，突然奓毛，质问两人是否对自己不放心。小安明面上举旗投降，暗地里和张晴商量，得找理由把王春荣支出去，带着闹闹去医院。他平时算不上细致，但该守土时也寸步不让，他看出来张晴在跟王春荣沟通上毫无章法，于是决心代她处理核心矛盾。

按兵不动了几天，小安说自己要放一天假，可以带孩子，让外婆也得空歇歇，王春荣欣然接受。她早想去文眉，每天画眉太烦琐，她刷视频看到别人文过的眉毛斜飞入鬓，精神得很，她还想顺便做个脸部保养。最近浸泡在两个男人的甜言蜜语里，她觉得自己状态回春，得锦上添花一下。

张晴和小安抱着闹闹在医院做了各种检查，医生初步诊断没什么问题，要他们再观察看看。他们一大早带着闹闹出来，看她作息情绪都很平和，两人合计了几句，觉得回家后，还是有必要做点上不得台面的事。

王春荣的箱子里，衣服最多，裙子、各色网纱内衣和丁字裤，还有化妆品，以及那板藏在衣服堆里的小药片。

张晴颤抖着打开百度搜索这药："主要用于神经官能症、经前期紧张综合征、更年期综合征的镇静助眠。"她不敢去联想那显而易见的可能。她也不敢去确认。她举起药盒转向小安，他眉头紧锁。张晴为自己必须在小安面前展示这样的母亲感到羞耻。

门口钥匙响，是王春荣回来了。张晴扑过去把王春荣的行李箱合上，又觉得自己没做错什么，于是只胡乱盖上盖子，没拉上拉链。

王春荣刚进门，尚未发现异样，先过去要抱闹闹，又被哭声逼退，于是扭脸问张晴怎么这么早下班。她刚文好的两道眉轻微红肿，天外飞仙似的趴在眼睛上，张晴总不自觉往那儿看，话说得也不甚专注："啊，我今天就……早了点。"

"那我来做晚饭吧，想吃什么？我买了菜。"

“都可以。”

“闹闹今天真精神。”

“……可不是吗？难道你不知道原因?!”

王春荣惊异地看着突然大声的张晴，她的脸部肌肉不自主地颤抖，她收拢了全身的控制力好让自己能开口说话：“我不知道你的意思。”

“你祸害完我，还想祸害我女儿，你是人吗?!这是我家，你滚，滚出去！”

举着药盒，用尽全力吼完这句话，张晴突然感觉喉间有些异样，她想继续提高嗓门，吐出的音节却愈发嘶哑，像被一双不存在的手掐住脖子。她恼恨自己不争气，结果眼泪比声音更剧烈地涌出。张晴被夹在各种情绪里动弹不得，像活着就被砌进砖墙，于是眼前一黑，干脆晕了过去。

那天的争吵结束得很突然，尴尬地停在那儿，也不知道什么时候才能再续上。王春荣坚持那药是自己买来缓解更年期症状的，又对两人推心置腹诉说自己更年期的种种感受，带闹闹让这些症状加剧，自己不敢说，才瞒着张晴和小安偷偷吃药。此事也就先搁置了。

张晴的甲状腺，长了颗 5 厘米左右的结节，卡到她的喉咙。医生建议这个结节最好切除，如果要动手术的话，得排到两周后。张晴十六岁办的身份证到手术时刚好到期，要回户籍所在地办新的。

张晴的嗓子彻底哑了，她发着烧躺在医院床上，看着小安忙里忙外。安妈妈刚接手照顾，一时也不好处理，暂且由王春荣待在家里照顾闹闹。张晴没忘记让小安在家的每个角落都装了监控。

张晴人生中的大部分重要的事情，都在她没有准备好的时候来临。她烧得昏昏沉沉，一时梦到自己还在青镇，突然有了闹闹，大为吃惊，不知如何是好，一时又梦到自己在北京遇到张小军，时空交错，自己又变回十七岁。

烧退之后，张晴准备马上回去办身份证，她索性多请了一个月假，准备手术完再回去上班。

她思考了一阵，嘱咐小安多注意闹闹的情况，就自己悄悄踏上了回青镇的路。

几年过去，青镇的高速公路已建好，回去快了很多，两小时即可抵达。从前那股挥之不去的煤味淡了许多，张晴盯着窗外的景色，从前那些同学，应该都上大学了吧，反正，应该很少有人像自己一样，已经做了妈妈。

如果当时没走，现在会有怎样的人生？她最近做的假设太多，超过她年轻的心灵所能承受的，她深吸一口气，到站了，快速办完证件，就回北京吧。

办理证件的过程很顺利，现在还能直接寄给办证人，这地方太小，张晴想，可能到明天，就有大半个镇的人知道，那对消失的母女又出现了。她走出拍照片的房间，又想起些什么，回身问工作人员："您好，您知道在新青街开按摩店的叶灵现在住哪儿吗？"

从青镇回来，张晴没有回家，她去了家附近的麦当劳。那个黄色的标志好像是这世上最永恒的东西，永远明亮地挂在城市中。有很多新品，张晴都没见过，她点了许多，用托盘托着，找了一个角落的位子。

油滋滋、香喷喷，炸鸡表面焦黄的面包糠划破了张晴的口腔，她毫无知觉地往嘴里塞着，用冰可乐把没嚼烂的食物冲进胃里。

"吃了这些，还能喂奶吗？"一个念头突然凭空蹿进张晴脑海，"没关系，之前泵好的还存了一些，够了。"她自己解答了自己的问题，又接着向自己发问："吃这些会影响手术吗？"这是她所不能解答的，她感到一点后悔，像几年前独自住在招待所吃完面包后一样，后知后觉的悔恨让她的汗毛一紧。张晴冲去洗手间，剧烈呕吐起来，趁它们还没被消化而变成她的一部分，都吐掉，还来得及。

手术很小，也很顺利。做完两天后，张晴就能顺利开口说话了。这天一大早，小安还没出门，张晴手机就响个不停，张晴忙着喂闹闹吃奶，小安接起电话，扭头对张晴说："他说他是张小军。"

这个可能性张晴当然也考虑过，但面对时还是从脚底麻到头顶，她接过电话，确实是他。他像很久没跟任何人说过话了，从长满蜘蛛网的口腔里吐出一些生疏的词句，询问张晴现在在哪里。他也不激动，也不愤怒，好像只是随口好奇地问问。

张晴不知该说什么，他问她读大学没有，她正抱着闹闹，下意识回答自己生了孩子，他于是问她住址，说要来看看。张晴说："待会儿我给你发短信吧。"

挂上电话时，小安已经着急出去上班了。张晴把闹闹放到床上，还是起身到厨房去找在洗碗的王春荣。

"妈……我爸……我爸来电话了。"

王春荣稍微想了一下，决定进入"为你好"模式："啊，是你回去有人告诉他了吧。"

张晴等待着她接下来的话。

"他都送上门了，说明还有心维持关系，你是你爸唯一的女儿，我们走之前，他拿了一大笔钱，他死了，钱怎么说都是要留给你的。他这是送钱上门，你不要不好意思，让他来。"

“所以……当年的事，就算了？”

王春荣一副摸不着头脑的表情：“当年有什么事？”

“我不能见他……”张晴说了一半，突然问，“你为什么带我离开青镇？”

“没有为什么啊。不是为了你，我早和你爸离婚了。”

“为了我?！我看是因为认识了吴江吧。”

“你怎么这么说，妈妈的牺牲你从来看不见。”

“你牺牲，你牺牲了什么？你们谁管过我？”

“好，好好，你是喝西北风长大的，行了吧？”

张晴突然爆发：“你为什么这么自私！你为什么永远都这么自以为是！小叶阿姨都死了四年了！你知不知道！你因为觉得她丢脸，都不让别人知道你们是朋友！”

王春荣没有抬头，闹闹大哭起来，张晴一字一顿地对王春荣说：“你走吧。”

刚做完手术的喉间感到血腥味，张晴在内心讥笑自己。果然都是自己的臆测，你知道吗？不要再渴求了，你有新的爱了，去爱小安、爱闹闹，不要再贪图不存在的东西了。

五

这几天，秦秋林觉得自己的运气简直好到令人发指，先是带自己的小领导刚休完产假回来没几天，又突然病倒，没来上班，能过一阵没人对着自己指指点点的日子。

春水又突然主动提出要见面，就在明天晚上！周五晚上！下了班瘫在家的他激动得不知如何是好，没头没脑地冲去洗手间，先刷了个牙。他记得她跟自己说过，最讨厌蒜味，喜欢薄荷味口气的男孩子，自己中午刚配着面吃了头蒜，可不能让她闻到。最近春水有点冷淡，他还担心她对自己腻了呢。

约晚上见面，这意味着什么？他不敢多想，又不能不多想。他也是大人了。两人约在附近的饭店，秦秋林选了日式简餐，洋气一些，又没那么贵，自己还负担得起。他是没什么钱，但他想把最好的给她。

多年前，王春荣那个唯--的新婚之夜，她还要预先准备一条染红的毛巾。现在，有专业的落红膜，帮助想让时光倒流的女孩们重回完璧状态。时代和技术都进步了啊。

王春荣去理发店，剪了一个齐刘海，遮住了她还没褪干净痂好变得自然的眉毛，又买了一沓口罩。她早已进行了铺垫，提过自己患有严重的过敏性鼻炎。

张晴不需要母亲了，那她就可以不做母亲了。

她观察镜中的自己。嗯，皮肤依然泛着光泽，眼角的皱纹不甚明显。她伸出手稍微把上眼皮的皮肤拉起一些，从前她的眼梢要更高点。眼袋，哦，眼袋要再遮掉一点，她把口罩往上拉了拉。她仔细扒拉了一下发缝，查看有没有白发，很好，还没有。

她又站远了点，正面查看腰身，扭脸，查看后背。她选了一件掐腰的小上衣，显得人灵巧。她对着镜子练习了一下微笑，隔着口罩，眼睛能传递的信息有限。她深深看进自己的瞳孔，用眉上的肌肉拉起眼角的皮肤，令那儿保持舒展，再挤出一点恰到好处的卧蚕，一双迷人的笑眼出现了。

一切准备就绪，王春荣完成了她心目中的蜕变。她现在从里到外都变成另一个人，来去自由。她没什么其他心思，主要是为了满足秦秋林的愿望，就像从前黄主教讲过的圣母一样，奉献自己，普度他人。

两人如约见面，秦秋林伸过来一只微微颤抖的手，王春荣握住他，冰凉微汗，一个紧张瘦小的男孩，就像照片上那么不好看，确认完他如她所料，她安心了很多。

吃饭时，王春荣摘下了口罩，头低低的，知道他也不敢多看自己，笑便捂着嘴，总用手托着下巴，遮住大半张脸。秦秋林无暇观察王春荣脸部的细节，他感觉她整个人雾腾腾的，散着一圈光，让他不知道怎么宠爱才好。

“春水，你多吃点。”秦秋林向她奉上一团劣质鳗鱼。

“嗯，你也多吃点。今天上班累吗？”王春荣很会发问，这是昔日老板娘的本能。

“还好，嘿嘿，我那个小领导最近不是要做个小手术嘛，她不在，我就轻松多了……”秦秋林平日无处倾诉，早已将王春荣当作妈妈，他在倾诉中逐渐放松了，看向王春荣的眼神也变得晦暗。

去酒店房间顺理成章。王春荣在不经意间关了灯，她像鱼一样自由，游弋在廉价快捷酒店的床上。

秦秋林先是不得章法地胡乱拱了一气，又突然懂了门道，大为精通。他用上二十三年积攒的力气，化身一针肾上腺素，扎中王春荣的要害。天地间裂开一个大口子，他只管一个劲儿往里钻。

王春荣于是不动了，她承受着狂风暴雨，突然感觉平静。原来平静不能带来平静，兴奋才能。新道理真是永远都学不完。

周末两天，窗帘未被拉开过，周一一早，秦秋林恋恋不舍地去上班了。王春荣早醒了，把自己埋在被子里装睡，秦秋林蹑手蹑脚收拾好，在她头发上留下一个吻，就轻轻关门出去了。

王春荣看他走了，把头伸出来，晾晾自己的脖子。连日翻腾，汗出得太多，王春荣脖子上生了一块湿疹，被汗渍得生疼。她初来北京时，也正当夏天。她探手找遥控器，打开电视，正在播放《天龙八部》。

秦秋林给她买了早餐放在床头柜上，王春荣不饿，只是筋骨酸痛。到了这时候，她才有点回过神的感觉。那块垫过的毛巾扔在一旁，处女血第二天早上就变成深褐色，有点恶心，新鲜的才动人吧。

她起身把遮光窗帘打开，阳光刺中她眼睛，眼花了一阵子才缓过来。她又拖拖拉拉洗了澡，她现在有了点事情做——等待秦秋林下班回来。

洗干净的王春荣百无聊赖地躺着，回想自己在《天龙八部》中最喜欢的桥段。是虚竹和梦姑被天山童姥关在一起，三日痴缠，如梦似幻。醒来后，虚竹是武林高手，梦姑是西夏公主。

她现在变成童姥，又变成梦姑。她带了自己来给秦秋林。

床头电话响起，她接起来听，听完脸色一变。酒店房费只交到今天，该退房了。这小男生，挺能装孙子。

王春荣的手机微信响个不停，罗勇停下干巴巴的动作："你先看信息？"

"不用。"王春荣抬手把手机开了飞行模式。

罗勇最讨厌假冒伪劣产品。他当然闻到了这女人身上不新鲜的味道，那是曾被数次唤起与敞开，被陈年经血，甚至生育沾染过全身毛孔的味道，一个年轻女人不可能有的味道。此外，干涩、松弛、下垂等等，自不消说。他可不想详细回味了。

他当然不可能因为劣质而放弃免费的午餐，只是吃得没那么舒爽罢了。凑合一顿，比没有强。几乎是翻身躺下的同时，他拿起手机，购买最近一班高铁票。

王春荣正要支起身子，跟罗勇进行灵魂上的沟通，他已盯着手机摸索着穿上拖鞋，走去浴室了。这是一种无声的差评。

罗勇洗干净离开时微微蹙眉，一点厌烦再加一点怀疑的神色。

“走了。”他说，眼睛没有看着王春荣，径直盯着门，像要准备逃跑。

小时候，王春荣家的日用品，总是会用好久好久，她很少用新的东西，大部分都是王夏红留给她的。那些老旧之物使用了太久，渐渐失去了存在感，变成透明的。她现在知道了，自己就是喜欢新的，即使是劣等货，至少她的眼睛还能看见。

她脑中现实与回忆奔逸，乱作一团，赤裸着躺了许久，终究掏出手机发消息给罗勇："一路顺风哦。"

发出的消息前面带着一个红色惊叹号，停留在原地：

> 勇开启了朋友验证，你还不是他（她）朋友。请先发送朋友验证请求，对方验证通过后，才能聊天。

等王春荣急急忙忙转车抵达中医药大学的研究生校区时，秦秋林正脸色涨红着蹲在校门口。

他刚刚发来微信："我在你们学校门口了，你不出来，我就一直等你。你再不来，我就进去找你。"

秦秋林一见到王春荣就开始哭，上气不接下气，她没见过任何一个人在成年后有这样的哭泣，眼泪冲她漫过来，酸涩地浸泡着她。

"走吧，同学看到会笑我的。我们找个地方聊。"

"我不要！你……你跟我……你跟我回去。呜呜呜，我回去你不在，你知道我多着急……吗？你为什么不理我？呜呜呜。你不要不理我。"

王春荣连拖带拽把秦秋林拉到路边，招了一辆出租车把他塞了进去，他的眼泪仍然停不下来，将头偎在王春荣肩膀上，想扎进她胳肢窝，从那里长出来，成为她的一部分。

等一进酒店房间，秦秋林就跪在床前，拽过刚拉上窗帘的王春荣，搂住她的腿，把头埋在她大腿上："你不要离开我好不好？我去租房子，我明天就去租房子。我陪你去学校拿行李，你出来跟我一起住。我……我养你！我养你，我可以的，你不要离开我。你别不要我。"

他把眼泪擦在她裤子上，又挨在她腿上，偏过头去看她。秦秋林的眼睛，让王春荣想到小时候曾经养过的一只小狗，赤诚得近乎痴傻。她不敢多看，否则可能会落泪。

王春荣的心脏怦怦跳动，占满她的胸腔。她想呕吐，把这颗燃烧的腐臭的心吐掉，她又想把心脏拿出来，让秦秋林给它上药，消炎止痛，永浴爱河。那个红色惊叹号反复出现在王春荣的脑海中，闪了又闪，变得凄厉，折磨着搂着秦秋林的那个自己。

"你不要哭了，我不是要离开你。我只是……我刚才帮一个假期不在的同学，去招待她哥哥……我本来想着是同学的哥哥，一起去酒店房间也没什么，然后……然后……她哥哥不是人！我想一个人待会儿。"王春荣组织好了语言，眼泪顺势喷了满脸，秦秋林哪儿还能再问，什么都不用再说了，他懂了。

"他在哪儿！我要帮你报仇！"

王春荣动容了，她沉迷于此刻被视若珍宝的自己。她摘下口罩。

看吧，这就是全部的我。

什么也没有，无处可以去。

如果你爱我，就爱全部的我。我原本就该是这样年轻！这样美！这样聪明！

她迷迷蒙蒙地问秦秋林："你真的愿意？"

秦秋林用力点头。

罗勇有点窃喜，自己当日一定是发挥超常，令那个年龄莫测的女人食髓知味，巴上前来。她说要来天津找他，今晚见。这一大早的，他的浆子都没喝完，就上这么一盘大肉来，他想着这个比喻，觉得挺逗，露出一个腻乎的微笑。

老婆白他一眼："想什么呢，笑那么猥琐。"

"想你昨晚上的样儿呗……"罗勇边说边熟练地删除聊天记录，然后丝滑地抬头冲老婆挑眉。他长得不是很像北方人，眼球有点凸出，青春期时生了不少痘，留了一脸疙疙瘩瘩的印子，致使三十岁发腮后越来越像个长了眉毛的牛蛙。

老婆把他的牛蛙脸往旁边一推："少扯，快吃，上班快迟了！"

罗勇像刚想起来什么："哎，对了，今儿晚上跟哥们儿约了吃饭，甭等我啊。"

老婆没意见，他不回来正好不做饭，回娘家吃，她说：

“行，早点回来。”就先出门了。

罗勇把早饭吃剩的稀里哗啦往垃圾桶一倒，折回卧室，打开衣橱，仔细挑选了一件后脖领没有发黄的 polo 衫，又对着镜子看了看自己的头发，一看表，还早，于是破天荒早上洗了个头。

早知道去剪个头了，他把头发左抓右抓，感觉都不太顺眼。怎么说呢，也不是说对那女人多重视吧，人对喜欢自己的，总拿着点劲儿，不喜欢归不喜欢，也不想毁坏对方心中的好印象嘛。既然来了天津，得尽地主之谊，那今晚就由自己来订个酒店吧。

秦秋林驾驶着一辆宝马载着王春荣上路了。他从汽修厂弄了一辆成色最好的，虽然上面还缺了块颜色，但小领导不在，根本没人会发现。

这趟复仇之旅，两人是带着仗剑走天涯的心情出发的。秦秋林打开车窗让风吹进来，夏天的风一大早就热烘烘的。这天气吹风不是为了凉爽，而是为了让他和副驾驶的她头发可以飞舞起来，这样显得更加潇洒。

他的大脑被青春的荷尔蒙攻占，为了她，做什么他都愿意，一个男人，如果连自己的女人都不能保护，那他还算男人吗？

秦秋林驾驶的姿势不算娴熟，他压根儿没有驾照，不过是在汽修厂混着习得了基础车技。这一天的行程很紧凑，上午，两人将去酒店附近踩点，看看哪里能避开摄像头，下午，再做些准备。

除了后备箱里的硫酸，以防万一，他还揣了一把水果刀。像她说的，速战速决，最好不要有什么接触，晚上再连夜开回北京，然后，幸福快乐地生活在一起。

他们在高速路上奔驰，秦秋林想开快点，感受这辆车平稳奢华的驾驶体验，又不舍得开太快，两小时车程太短暂，不够充分享受这种香车美人的快意。

过收费站时，秦秋林觉得工作人员多看了自己两眼，一定是觉得自己这么年轻就开这么好的车很奇怪吧。他抖搂了一下肩膀，让自己坐直了些，好与这车还有王春荣更相配。他不时在驾驶座上扭动身体，不是没有原因。

王春荣一直安静地坐在副驾，因为“紫外线过敏”，所以戴着口罩、帽子、墨镜。如果秦秋林躁动地扭脸看她，她就轻抬手，拍拍他的大腿，带着一点抚摸的劲儿，让他感觉自己充满能量。她已下定决心，再也不会犹疑。

酒店在一条偏僻小街，罗勇施施然在路边踱步。他刚吃完晚饭，肚子溜圆，路灯昏昏的，旁边租界风格的建筑物是后来新建的，当然，他订的酒店不是这家，是旁边的快捷酒店，他晚上还要回家呢。“吃个快餐就走”，他又被自己这个比喻逗乐了，还没来得及笑，一辆宝马车的远光灯刺进罗勇的眼睛。

他低头揉了揉眼，又眯着眼抬头想看清楚。一个人影蹿过来。

眼睛好痛，好痛，啊啊啊啊啊啊啊啊！他的眼睛烧起来了，大半张脸滋滋作响。他原地打圈、号叫，深夜的街道没有什么人。只有一个人静静地欣赏了几秒钟他的痛苦，拽了拽旁边人的衣袖，把那个哆哆嗦嗦的人拉进驾驶座。车往前猛冲了一下，又歪歪扭扭开走了。

“谁让你不长眼？”